Les Chroniques du Disciple Dragon 1

French translation rights arranged with Xiaoming Taiji (Wuhan) Network Technology Co., Ltd.
through Orange Agency Co., Ltd.
Traduction : Boursault Elise
Maquette : Spampinato Nathalie & Flety Lise
Lettrage : Bardinal Maryne / Mach Eugénie / Delbos Leo
ISBN : 979-1-0412-0031-3
Code Hachette : 20 4644 8

Collection dirigée par Christian English & Frédéric Thibaud
www.kamondo.fr

Dépôt légal : Juin 2023

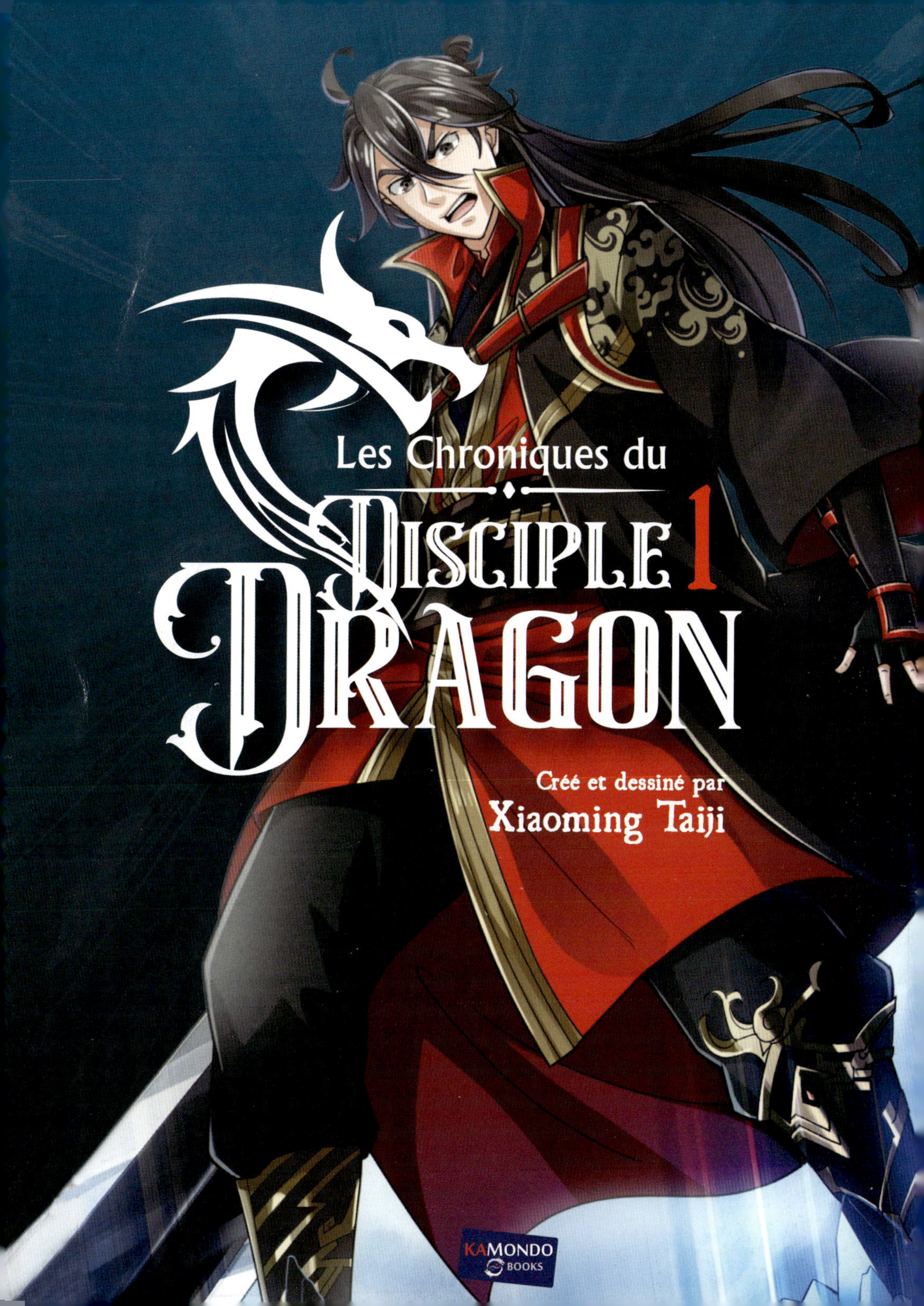

Les Chroniques du
Disciple Dragon 1
Créé et dessiné par
Xiaoming Taiji
KAMONDO BOOKS

SECTE XIU XIAN
CLAN ZHENGYANG

PALAIS ZHENGYANG
DISCIPLE DRAGON ! CEUX DONT LE NOYAU SPIRITUEL A ÉTÉ BRISÉ NE PEUVENT PLUS S'ENTRAÎNER ICI !

TU DOIS QUITTER LE CLAN ZHENGYANG SUR-LE-CHAMP ! TU NE DOIS PLUS JAMAIS METTRE LES PIEDS SUR LA MONTAGNE SACRÉE DE ZHENGYANG !
MAIS JE...!
ABANDONNÉ PAR MON MAÎTRE...
TU CROIS POUVOIR CONTINUER À TE COMPORTER COMME LE DISCIPLE DRAGON ?
TU VEUX QUE JE TE LAISSE PASSER ? RIEN DE PLUS SIMPLE !
HA HA HA !
IL TE SUFFIT DE RAMPER ENTRE MES JAMBES ! JE SUIS PRÊT À T'OFFRIR QUELQUES PIERRES D'ÂME POUR LA ROUTE !
ZHAO KANG !
INSULTÉ PAR MES SEMBLABLES...

...
BONNE ROUTE.
SÉPARÉ DE MA BIEN-AIMÉE...
AU POINT OÙ J'EN SUIS...
PEUT-ON DIRE QUE J'AI TOUCHÉ LE FOND ?

PRENDS ÇA !
SI DIEU ME REJETTE...
JE SCINDERAI LES CIEUX DE MES MAINS !
SWOOSH

SI CES TERRES VEULENT MA PERTE...
CLING
... JE LES TRANCHERAI DE MES MAINS !
Ô DIEUX DE TOUS LES CIEUX !
DIEUX, DÉMONS, BOUDDHA ET TOUS LES ESPRITS...
ENTENDEZ MES PAROLES !
SHRING
WOOSH
CLING
SWOOM
TCHAK
PEU IMPORTE CE QUI M'ATTEND...
BON SANG ! MEURS !
... LES DANGERS, LES OBSTACLES...
... JE LES SURMONTERAI TOUS !

HAN
DUUM
YAAAH !
UN JOUR...
... JE ME TIENDRAI AU SOMMET !
SHOO
SHOO
SHWOO
DUUM DUUM
JE DEVIENDRAI L'ÉGAL DES DIEUX !

SECTE XIU XIAN
CLAN ZHENGYANG
PALAIS ZHENGYANG
DISCIPLE DRAGON ! CEUX DONT LE NOYAU SPIRITUEL A ÉTÉ BRISÉ NE PEUVENT PLUS S'ENTRAÎNER ICI !
J'AI AGI DANS L'INTÉRÊT DU CLAN... !
SILENCE !
TU DOIS QUITTER LE CLAN ZHENGYANG SUR-LE-CHAMP ! TU NE DOIS PLUS JAMAIS METTRE LES PIEDS SUR LA MONTAGNE SACRÉE DE ZHENGYANG !
MAIS JE...

JE NE VEUX PAS ENTENDRE LES EXCUSES D'UN MISÉRABLE VENU ME DÉRANGER !
JE...
J'AI RISQUÉ MA VIE POUR LE CLAN ZHENGYANG... ET VOILÀ OÙ ÇA M'A MENÉ...

TROIS JOURS PLUS TÔT.
TAP
SHOO
SHOO
SHWOO
TCHING
QUI VA LÀ ?!

DONNE-MOI SAGEMENT LE REMÈDE MIRACULEUX !
CLAN QINGYUN - LU ZHI
SI TU TE RENDS, TU AURAS LA VIE SAUVE.
SWOOSH

IL A DISPARU ?
SWOM
TCHING
QUELLE VITESSE... ENCORE UN PEU ET JE FINISSAIS DÉCAPITÉ !

DAM
DAM
DAM
DAM
BOM
BOM
BOM
BOM
BOM
CLING
SHRING

WOOSH
CLING
SWOOM
TCHAK
SA TECHNIQUE SEMBLE REDOUTABLE, MAIS ELLE NE BLESSE QUE LA CHAIR. ELLE N'ATTEINT PAS LES ORGANES !
BON SANG ! IL NE FAIT QUE S'AMUSER AVEC MOI ! UN GUERRIER PEUT TUER, MAIS C'EST INADMISSIBLE D'HUMILIER SON ADVERSAIRE !
WOOSH
SHOO

BON SANG ! MEURS !
DUUUM
SWOOH
HAN
DUUUM

YAAAH !
DULLUM DULLUM
SECTION DE SOURCE
SHWOO
TAC

DESTRUCTION DU NOYAU SPIRITUEL
CRAC
GAH

BON SANG ! IL A BRISÉ MON NOYAU SPIRITUEL ? IL EST BIEN PLUS FORT QUE MOI !
IL M'A PRIS LE REMÈDE MIRACULEUX ?

TU ES TOUJOURS LÀ ? QUE PEUT ACCOMPLIR QUELQU'UN DONT LE NOYAU A ÉTÉ BRISÉ ?!
J'AI FAIT DE MON MIEUX POUR T'ABRITER PENDANT TROIS JOURS !
MAÎTRE WU... VOUS M'AVEZ ÉLEVÉ DEPUIS L'ENFANCE.
ET POURTANT, VOUS ME TRAITEZ AVEC LA PLUS GRANDE CRUAUTÉ...
QU'IL EN SOIT AINSI...

C'EST PATHÉTIQUE.

REGARDE, C'EST LE DISCIPLE DRAGON ! IL VIENT DE SORTIR !
C'EST UN INCAPABLE !
QUEL BON À RIEN ! J'AI ENTENDU DIRE QU'IL S'EST FAIT EXCLURE !
IL NE SERA PLUS JAMAIS LE MÊME...

LE DISCIPLE DRAGON A TOUJOURS ÉTÉ LÀ POUR NOUS !
ON PEUT AU MOINS LUI DIRE AU REVOIR !
LUI DIRE AU REVOIR ? NOUS SOMMES DES DISCIPLES SACRÉS ! NOUS N'AVONS PAS À NOUS MÉLANGER AVEC DES MOINS-QUE-RIEN !
OH ! MAIS QUI VOIS-JE ?
CLAN ZHENGYANG - ZHAO KANG
VOILÀ NOTRE TRÈS CHER DISCIPLE DRAGON !

ZHAO KANG !
ALLONS !
TU PARLES À TON AÎNÉ, SURVEILLE TON LANGAGE !
QUELLE TRISTESSE DE VOIR UNE CHOSE PAREILLE ARRIVER À UN JEUNE DISCIPLE.
TAP
NE PARS PAS TOUT DE SUITE !
HORS DE MON CHEMIN !

QU'EST-CE QUE J'ENTENDS ?! TU TE PRENDS POUR QUI ?
TU CROIS POUVOIR CONTINUER À TE COMPORTER COMME LE DISCIPLE DRAGON ?
TU VEUX QUE JE TE LAISSE PASSER ? RIEN DE PLUS SIMPLE !
IL TE SUFFIT DE RAMPER ENTRE MES JAMBES ! JE SUIS PRÊT À T'OFFRIR QUELQUES PIERRES D'ÂME POUR LA ROUTE !
HA HA HA !
ZHAO KANG !

DISCIPLE ZHAO, C'EST PEUT-ÊTRE ALLER UN PEU LOIN...
TU TIENS À LA VIE ?!
HEIN ?!
DISCIPLE DRAGON !
TU VAS RAMPER, OUI OU NON ? J'ATTENDS...
QUOI ?!

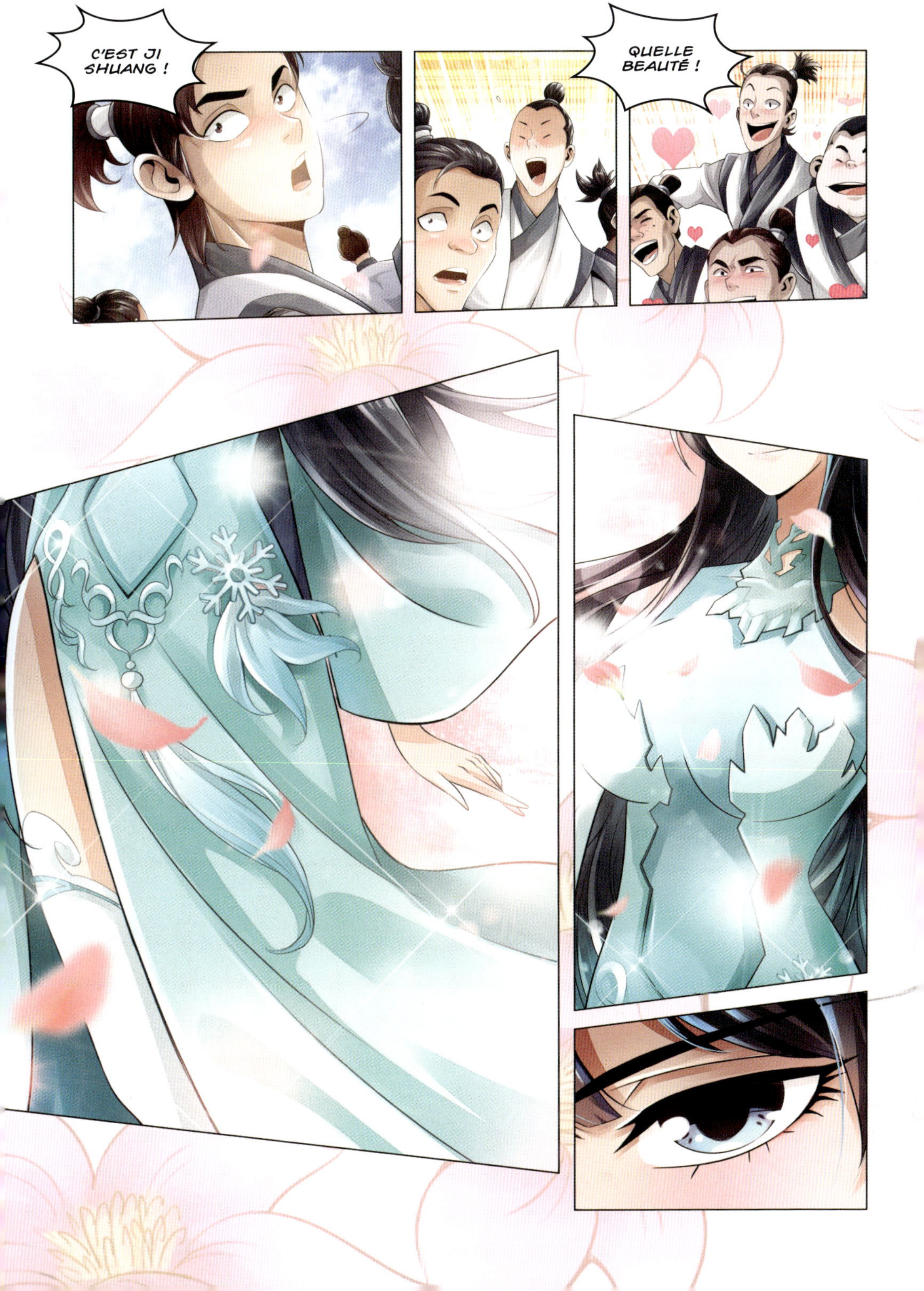
C'EST JI SHUANG !
QUELLE BEAUTÉ !

CLAN ZHENGYANG - JI SHUANG
JI SHUANG ?!
BONJOUR, JI SHUANG !
HMPF !

BONNE ROUTE.
C'EST QUOI, CETTE TÊTE... ?
JE TE FAIS PITIÉ ?
GARDE TA PITIÉ.
...
ADIEU !
SHROO

JE N'AI PLUS NULLE PART OÙ ALLER, DÉSORMAIS...
HSS
HSS
HSS
HSS
PLOUC
MAÎTRE !
MON CHER AMI !
HÉ, L'AMI !
HÉ, L'AMI !
PFIOU
PFIOU
DES ÉTOILES... UNE PLUIE D'ÉTOILES ?!

C'EST INCROYABLE ! LES PLUIES D'ÉTOILES NE SE PRODUISENT QU'UNE FOIS TOUS LES MILLE ANS !
BOUM
ARGH !
SHRII
SHRII

WAOUH !
UN FEU SACRÉ !

SHRII
SHRII
SHRII
DUUM
DUUM

SHRII
TOI NON PLUS... TU N'AS NULLE PART OÙ ALLER... ?
FROO
SHRII
IMPRES-SIONNANT !

SHRII
FROO
MON SEIGNEUR...

BAM
SHOUI
SHOUI
SHOUI

CES FLAMMES SONT EN TRAIN DE RESTAURER MON NOYAU SPIRITUEL...?!
HUUUGH
UN... UN INSTANT !
CRAC

AH !
DONG !
BONG
UGH

JE RÊVE... ? UNE MER SPIRI-TUELLE ?
SHRII
SHRII
FERMETE
SINCÉRITE
ESSENCE
VIDE SPIRITUEL
CONTEMPLATION
LA MER SUPÉRIEURE EST LE NIVEAU HAUT-DESSUS DU NOYAU SPIRITUEL ! ÇA SIGNIFIE QUE SEULS CEUX QUI ONT ATTEINT LA CONTEMPLATION PEUVENT ACCÉDER À LA MER SPIRITUELLE !

SHRI
SHRI
SHRI
SHRI
SHWOO
DUUM
DUUM
SHRII
EST-IL POSSIBLE DE CONTENIR CETTE ÉNERGIE JAIL-LISSANTE ?
SHRII
DUUM
DUUM
DUUM
DUUM

MONSIEUR, TU T'ES RÉVEILLÉ ?!
QUI ES-TU ?
OÙ SUIS-JE ? COMMENT SUIS-JE ARRIVÉ ICI ?!
JE M'APPELLE XIAO HU !
TU ES À XIAO LING YUAN DANS LE CLAN HENGYUE. MON PAPY T'A RETROUVÉ INCONSCIENT DANS LE VILLAGE HIER SOIR, ALORS IL T'A PORTÉ JUSQU'ICI !

LE CLAN HENGYUE ?!
L'ÉTAT DE CHU EST DIVISÉ EN TROIS CLANS ET UNE ARMÉE. LES CLANS ZHENGYANG, QINGYUN ET HENGYUE AU SUD, ET L'ARMÉE SANGUINAIRE AU NORD.
EN UN SENS, LES CLANS HENGYUE ET ZHENGYANG SONT TOUJOURS ENNEMIS.
C'EST PLUTÔT IRONIQUE DE ME RETROUVER DANS UN CLAN ENNEMI JUSTE APRÈS AVOIR ÉTÉ EXCLU DU MIEN...
TU DOIS AVOIR FAIM ! JE VAIS PRÉPARER QUELQUE CHOSE À MANGER !

CE QUI S'EST PASSÉ LA NUIT DERNIÈRE...
... N'ÉTAIT PAS UN RÊVE, C'ÉTAIT RÉEL !
SHRII
SHRII
TU ES MAINTENANT...
UNE PARTIE DE MOI !

MONSIEUR, LE REPAS EST SERVI ! À TABLE !
J'ARRIVE !
FIOUSHHH
PAR ICI !
C'EST UN REPAS BIEN MODESTE, J'ESPÈRE QUE ÇA TE CONVIENT...
UN ANIMAL SPIRITUEL ?

BON APPÉTIT !
JE NE VOUS AI PAS ENCORE REMERCIÉ, MONSIEUR !
TU DOIS AVOIR FAIM, N'HÉSITE PAS !
PAS BESOIN. MANGE, NE TE RETIENS PAS !
NE FAIS PAS PEUR AU MONSIEUR ! VIENS, JE VAIS T'EN DONNER UN PEU !
TU ES UNE BRAVE BÊTE, XIAO YING !
POC
POC

JEUNE HOMME ! TU ES UN GUERRIER EN VOYAGE, NON ? DE QUEL CLAN VIENS-TU ?
JE... JE N'APPARTIENS À AUCUN CLAN. JE SUIS UN SIMPLE VAGABOND.
COMME C'EST DOMMAGE ! IL FAUT BATTRE LE FER TANT QU'IL EST CHAUD ! TU DEVRAIS REJOINDRE UN CLAN...
LES DOJOS DISPOSENT DE TOUT LE NÉCESSAIRE POUR S'ENTRAÎNER, ET SI ON NE S'Y MET PAS DÈS LE PLUS JEUNE ÂGE, IL SERA TROP TARD !
VOUS AVEZ RAISON !
SANS CLAN, JE NE SUIS PAS EN SÉCURITÉ...
EN TOUT CAS, SI JE REJOINS UN CLAN, IL SERA POSSIBLE DE DEMANDER À M'ENTRAÎNER DIGNEMENT !

QUE DIRAIS-TU DE REJOINDRE LE CLAN HENGYUE ? ÇA POURRAIT T'INTÉRES-SER ?
BIEN SÛR ! CEPENDANT, N'EST-IL PAS DIFFICILE DE L'INTÉGRER ?
NE T'EN FAIS PAS. SI J'ENVOIE UNE LETTRE DE RECOMMANDATION, TU DEVRAIS POUVOIR DEVENIR UN DISCIPLE FACILEMENT.
JE VOUS EN SERAIS TRÈS RECONNAIS-SANT !
ALLONS, ALLONS ! NOTRE RENCONTRE ÉTAIT PEUT-ÊTRE LE SIGNE DU DESTIN !
MON PAPY EST GÉNIAL, TU AS VU ?

* HENGYUE

ZHAO TAO ! QU'EST-CE QUE TU VEUX ?
VIEUX DÉBRIS ! TU SAIS CE QUE JE VEUX ! SI TU NE COOPÈRES PAS RAPIDEMENT...
JE SERAI SANS PITIÉ !
JE NE POSSÈDE PAS CE QUE TU RECHERCHES.

VIEUX FOU !
VLAM
ARRÊTE DE MENTIR !
SALE VOLEUR !
SHWII
SHWII
PATHÉTIQUE !

WOOSH
XIAO YING !
XIAO YING...
VOUS SAVEZ, PLUTÔT QUE DE VOUS TUER, JE PEUX VOUS TORTURER À MA GUISE !
DONNE-MOI CE QUE JE VEUX, OU SUBIS LES CONSÉQUENCES...

BAM

QUE... QUOI ?!
BAM
IL M'A ATTEINT AVEC SON ÉNERGIE ? COMMENT A-T-IL OSÉ ?!
AH !
SHOO
AH !
AH !
AH !
AAAAH !

BAM
ZHAO TAO, UN DISCIPLE QUI A UN GRADE EXCEPTIONNEL EN FERMETÉ… TERRASSÉ EN UN COUP ?!
MÊME S'IL L'A PRIS PAR SURPRISE, CE JEUNE HOMME EST UNE FORCE DE LA NATURE !
SHIOU
LE CIEL RECONNAÎT TA VALEUR ! POUR TON BIEN, IL FAUT TE DÉVOUER À L'ENTRAÎ-NEMENT !
BOUM
ARGH !

MERCI POUR TON AIDE, JEUNE HOMME.
HSS
HSS
HSS
HSS
LING YUAN
CE N'ÉTAIT QU'UN SIMPLE COUP DE POUCE...
QUELLE MODESTIE !
AUTREFOIS, J'ÉTAIS LE DOYEN DU CLAN HENGYUE, MAIS J'AI COMMIS L'IRRÉPARABLE ET ON M'A RENVOYÉ ICI, À XIAO LING YUAN.
ZHAO TAO ÉTAIT AUSSI MON DISCIPLE. TOUT EST MA FAUTE. JE L'AI MAL GUIDÉ...
AU DÉBUT, UN DISCIPLE DOIT SUIVRE SON MAÎTRE, MAIS LA FAÇON DONT IL S'ÉPANOUIT RESTE PERSONNELLE...
VOUS N'AVEZ RIEN À VOUS REPROCHER. C'EST UN PROBLÈME LIÉ À SON CARACTÈRE.
IL EN AVAIT APRÈS LA MALÉDICTION CÉLESTE DE MON PAPY !
LA MALÉDICTION CÉLESTE ?
IL VOLE TOUT CE QUE POSSÈDE MON PAPY DEPUIS PLUSIEURS ANNÉES. IL VIENT MÊME LE HARCELER TOUS LES JOURS !

IL EXISTE UN TALISMAN QU'ON APPELLE « LA MALÉDICTION CÉLESTE ». IL EST CONNU MÊME PAR LES PLUS HAUT GRADÉS DU CLAN HENGYUE...
LORSQU'IL EST PLACÉ SUR QUELQU'UN, IL SERAIT CAPABLE DE SCELLER TEMPORAI-REMENT L'ÉNERGIE HUMAINE !
CE GENRE DE TALISMAN EST INCROYABLEMENT RARE, ON PEUT MÊME APPELER ÇA UN TRÉSOR. JE N'ARRIVE PAS À CROIRE QU'UN VIEIL HOMME COMME LUI EN POSSÈDE UN !
JEUNE HOMME, J'AI FINI DE RÉDIGER TA LETTRE DE RECOMMANDATION. TU PEUX PARTIR POUR LA MONTAGNE DÈS DEMAIN.
TU AS UN TALENT INNÉ. À TOI D'EN FAIRE BON USAGE !
JE TE CONFIE AUSSI CE ROULEAU DES PRÉCEPTES DU CLAN. JE T'INVITE À LE LIRE...
MERCI BEAUCOUP !

SHWOO
GZII
GZII
GZII
POING DE FOUDRE !
BOUM
LE POING DE FOUDRE EST UNE TECHNIQUE REDOUTABLE QUI UTILISE LA FORCE DE LA FOUDRE ET FRAPPE AUSSI FORT QU'UN ÉCLAIR.
POUR UTILISER CETTE TECHNIQUE, IL FAUT POSSÉDER UN CORPS EXCEPTIONNELLEMENT ROBUSTE. AUTREMENT, LA FORCE ÉCRASANTE DU POING DE FOUDRE PERCUTE À LA FOIS L'ENNEMI ET L'UTILISATEUR.
PAS MAL !
GZII
JE POSSÈDE DÉJÀ LA FLAMME SACRÉE EN MOI. MON CORPS TOUT ENTIER EST RENFORCÉ, CE QUI ME PERMET DE MAÎTRISER LE POING DE FOUDRE !

CLAN HENGYUE
LA SECTE DE HENGYUE REGROUPE UN PALAIS, UN TEMPLE, DEUX JARDINS, TROIS SOMMETS ET HUIT TOURS.
ZHIFA, LE PALAIS : LORSQU'UN DOYEN COMMET UNE FAUTE, IL EST JUGÉ AU PALAIS ZHIFA.
JIELU, LE TEMPLE : LORSQU'UN DISCIPLE COMMET UNE FAUTE, IL EST JUGÉ AU TEMPLE JIELU.
LES DEUX JARDINS : LING CAO ET LING GUO.
LES TROIS SOMMETS : TIANYANG, DIYANG ET RENYANG SONT LES TROIS PLUS GRANDS SOMMETS.
LES HUIT TOURS : LINGQÌ, ZANGSHU, LINGQÍ, WANBAO, QIANKUN, RENWU, QINGBAO ET JIUQING.
JE SUIS LE JEUNE DRAGON. JE SOUHAITE INTÉGRER VOTRE CLAN. VOICI UNE LETTRE DE RECOMMANDATION RÉDIGÉE PAR LE MAÎTRE ZHAO FENG.
TU AS L'AIR BIEN JEUNE !
TU AS BIEN DIT ZHAO FENG ?!
MESSIEURS, JE VOUS EN PRIE. EST-CE QUE L'UN DE VOUS TROIS SERAIT PRÊT À PRENDRE LE JEUNE DRAGON POUR DISCIPLE ?

QUEL ÂGE AS-TU ?
J'AI SEIZE ANS.
SEIZE ANS ?!
VEUILLEZ M'EXCUSER, J'AI UNE AFFAIRE URGENTE À RÉGLER AU MONT TIANYANG !
NAVRÉ, NOUS NE PRENONS PAS LES DÉCHETS AU MONT DIYANG !
QING YANG, REVIENS ! NE M'IGNORE PAS ET PRENDS-LE AVEC TOI !
QING YI ! CET HOMME N'A PAS ENCORE L'ÂGE DE REJOINDRE LE MONT RENYANG !
JE SUIS DÉSOLÉ, MAIS IL N'EST PAS ENCORE SUFFISAMMENT AGUERRI !

KOF KOF...
JEUNE HOMME, QUE DIRAIS-TU DE COMMENCER EN TANT QU'APPRENTI ?
DEVENIR APPRENTI ME CONVIENT AUSSI. JE FINIRAI BIEN PAR DEVENIR UN DISCIPLE !
ENTENDU.
DRAGON
MON GARÇON, VOICI TON EMBLÈME SPIRITUEL.
LES APPRENTIS N'ONT PAS ACCÈS AUX ÉCRITS DE HENGYUE ET N'ONT PAS DE TENUE OFFICIELLE...
CET EMBLÈME EST FOURNI EN UN SEUL EXEMPLAIRE.
JE VOUS REMERCIE, MAÎTRE.
INVESTIS-TOI AU MAXIMUM ET MONTRE-MOI LE RÉSULTAT DE TES EFFORTS DANS TROIS MOIS.
RENDS-TOI À L'ARMURERIE SPIRITUELLE POUR CHOISIR TON ÉQUIPEMENT !

TA TÊTE NE ME DIT RIEN, MORVEUX !
JE SUIS UN NOUVEL APPRENTI.
MAÎTRE QING YI M'A DEMANDÉ DE VENIR ICI POUR CHOISIR MON ÉQUIPE-MENT...
RESPONSABLE DE L'ARMURERIE SPIRITUELLE
ZHOUDA FU
DÉPÊCHE-TOI DE RENTRER, ALORS ! LES APPRENTIS N'ONT ACCÈS QU'AU NIVEAU DÉBUTANT, NE TE FAUFILE PAS EN DOUCE AU NIVEAU AVANCÉ !
C'EST COMPRIS ?
ÉVIDEMMENT, IL N'Y A QUE DE LA CAMELOTE...
C'EST TROP LÉGER !

RIEN ICI...
C'EST TROP LÉGER !
SHOO
SHOO
NON MERCI...
SHOO
...
PFIOU !
IL N'Y A VRAIMENT RIEN !
HMM ?
ZWOM
FRIII

SHRIII
TCHING
* TIANQUE
TIANQUE ?!

ELLE PÈSE AU MOINS 200 KILOS.
SI QUELQU'UN UTILISE CETTE ÉPÉE, IL SERA DÉSAVANTAGÉ, CAR LE POIDS VA L'ÉPUISER.
C'EST VRAIMENT UNE ARME PAS COMME LES AUTRES.
LE MÉTAL DE LA LAME N'EST PAS TRÈS AIGUISÉ... L'USURE NE LA REND PAS TRÈS ADAPTÉE POUR TRANCHER, MAIS...
ÇA RESTE UN TRÈS BON CHOIX POUR ÉCRASER SES ADVERSAIRES.
C'EST DÉCIDÉ !
VU TA CARRURE DE GRINGALET, JE TE CONSEILLE DE REVOIR TON CHOIX.
TCHAK
LE POIDS DE CETTE ÉPÉE EST ANORMAL !
DITES-MOI, D'OÙ VIENT-ELLE ?

CETTE ÉPÉE ? ELLE ÉTAIT DÉJÀ DANS L'ARMURERIE QUAND J'AI PRIS MES FONCTIONS, IL Y A PLUS DE CENT ANS... AUCUNE IDÉE DE SA PROVENANCE.
JE VOIS.
TU DEVRAIS CHOISIR UNE AUTRE ARME. CETTE ÉPÉE EST TROP LOURDE POUR TOI. SI TU NE CHOISIS PAS QUELQUE CHOSE DE PLUS LÉGER, TU RISQUES DE LE REGRETTER.
PAS BESOIN ! MA DÉCISION EST PRISE.
QUEL GAMIN ENTÊTÉ... FAIS COMME TU VEUX !
MERCI BEAUCOUP.
C'EST QUI, CE GAMIN ?! C'EST LA PREMIÈRE FOIS QUE JE LE VOIS. C'EST LE NOUVEL APPRENTI ?
L'ÉPÉE QU'IL PORTE, ÇA NE SERAIT PAS TIANQUE ?!

ON DIRAIT BIEN ! IL DOIT AVOIR UNE SACRÉE FORCE DANS LES BRAS !
MÊME SI C'EST LE CAS, JE PENSE QU'IL LUI MANQUE UNE CASE.
REGAR-DEZ ! IL Y A DES GENS DU CLAN ZHENGYANG !
WOOSH
QU'EST-CE QUE LE CLAN ZHENGYANG VIENT FAIRE ICI, SUR LE TERRITOIRE DU CLAN HENGYUE ?
TU N'ES PAS AU COURANT ? DANS TROIS MOIS, IL VA Y AVOIR UN TOURNOI ENTRE LES TROIS GRANDS CLANS : ZHENGYANG, QINGYUN, ET NOUS, LE CLAN HENGYUE...
SHOO
CETTE FEMME DISCIPLE EST AUSSI BELLE QU'UNE NYMPHE.
LE CLAN ZHENGYANG EST SÛREMENT VENU POUR DISCUTER DE CHOSES IMPORTANTES.
JE NE M'IMAGINAIS PAS LES REVOIR DE SITÔT...
UN JOUR, J'AURAI MA REVANCHE !

QUOI ?
JE ME SENS NOSTALGIQUE, TOUT À COUP...
MAÎTRE JI SHUANG, QU'EST-CE QU'IL Y A ?
CE N'EST RIEN.

POLLC
FRSH
SHWOO
SHWOO

TCHING
AAH...!
QUELLE PUISSANCE SAUVAGE !
PAS DE DOUTE, C'EST BIEN UNE TECHNIQUE SECRÈTE !
J'AI TIRÉ LE GROS LOT, ON DIRAIT...
SHOO
SHOO

SWOM
LA DOULEUR EST GRANDE, MAIS ÇA EN VAUT LA PEINE !
GLOUP GLOUP
ÇA FAIT DU BIEN !
LE CLAN ME FOURNIT UNE JARRE D'EAU SPIRITUELLE PAR MOIS EN TANT QU'APPRENTI, MAIS C'EST INSUFFISANT POUR GUÉRIR MES BLES-SURES.
JE DOIS ACCOMPLIR DES MISSIONS POUR LE CLAN AFIN D'OBTENIR PLUS D'EAU SPIRITU-ELLE...

C'EST CE QUE J'APPELLE UN TALENT GÂCHÉ.
TOUR DES MISSIONS RENWU
TU GARDES TOUJOURS TIANQUE COMME ARME ? IL EST TEMPS D'OUVRIR LES YEUX.
TU ES SANS ESPOIR... TU N'AS RIEN DANS LE CRÂNE ?
OISEAU DES QUATRE SAISONS
VA POUR CELLE-CI !
LA MISSION DES LOUPS DE SANG ? ELLE EST MAINTENANT À MOI, ZHAO LONG !
LOUPS DE SANG
ÇA TE POSE UN PROBLÈME ?

JE T'EN PRIE, ELLE EST À TOI.
POF
QUOI ?! TU TE PRENDS POUR QUI, LÀ ?!
NOUS N'AVONS RIEN À FAIRE ENSEMBLE, POURQUOI EST-CE QUE TU VIENS CHERCHER DES ENNUIS ?
RIEN À FAIRE ENSEMBLE ? HA HA...

IL PARAÎT POURTANT QUE TU T'ES DÉJÀ OCCUPÉ DE MON CHER CADET.
QUELLE ARROGANCE ! TU AS OSÉ T'EN PRENDRE À UN CAMARADE DU GRAND ZHAO LONG ! N'ESPÈRE PAS T'EN TIRER COMME ÇA !
OH ! TU PARLES DE ZHAO TAO ?
C'EST LUI QUI A ATTAQUÉ LE PREMIER. JE N'AI FAIT QUE LE REMETTRE À SA PLACE.
ALORS QU'IL AVAIT UNE FERMETÉ DE HAUT NIVEAU ? JE NE DEVRAIS PAS PERDRE SI JE DÉPLOIE MON ÉNERGIE SPIRITUELLE.
VOILÀ QUI EST IMPRESSIONNANT !
CLAP
CLAP
CLAP
DUM
J'ADORE ÉCRASER LES GENS QUI SE CROIENT FORTS ALORS QU'ILS N'ONT RIEN ACCOMPLI.

UN DUEL DE FORCE ?!
CE GAMIN DÉBUTANT VEUT SE FROTTER À ZHAO LONG ?
IL N'A PAS TOUTE SA TÊTE !
UNE DISPUTE ?
SI VOUS SOUHAITEZ RÉGLER VOS COMPTES, FAITES-LE AU PALAIS FENGYUN.
VOUS ÊTES À LA TOUR DES MISSIONS. JE NE PEUX PAS LAISSER PASSER CELA.
TU ME LE PAIERAS, MORVEUX !

QUAND TU VEUX !
LOUP DE FEU
PRENONS CELLE-CI...
GRAP
VOILÀ LING CAO !

TAP
UN LOUP DE FEU ?!
SHROO
SHROO
TCHAM
JE T'AI ENFIN TROUVÉ !
DUUM

YAAAAH !
ZWOM
DUUM
MISSION ACCOMPLIE !

HEIN ?
SHOO
SHOO
AH !
SHOO
BAM
BAM
BAM
UN HUMAIN AUSSI NOBLE QUI TOMBE DANS LA FOURBERIE !
TU AS DE BONS RÉFLEXES, POUR UN JEUNE !

DONNE-MOI TOUT CE QUE TU POSSÈDES ! SI TU NE TE RENDS PAS, JE T'INFLIGERAI UNE SOUFFRANCE PIRE QUE LA MORT !
TSS ! JE NE SUIS QU'UN SIMPLE DÉBUTANT ! JE N'AI AUCUN OBJET DE VALEUR À VOUS DONNER !
HA HA ! TU N'AS PAS ENTENDU CE QUE J'AI DIT ?

GZO
NE LE PRENDS PAS MAL, MOR-VEUX !
GAH
JE NE M'EN FAIS PAS POUR ÇA !

POING DE FOUDRE !
BOUM
IMPOSSIBLE...

POING DE FOUDRE !
GZOOM
ORDURE !
SHOO
SHRIK
LE POISON NE FAIT PAS EFFET ?!
HA HA ! TU M'AS BIEN EMPOISONNÉ, MAIS...

BOUM
ÇA ALORS ! JE PEUX AUSSI PURIFIER LES POISONS ?
WOOSH
CE VIEUX FRIPON AVAIT AMASSÉ TOUT UN TRÉSOR !
DE L'EAU SPIRITUELLE ET PLUS DE 500 PIERRES D'ÂME !

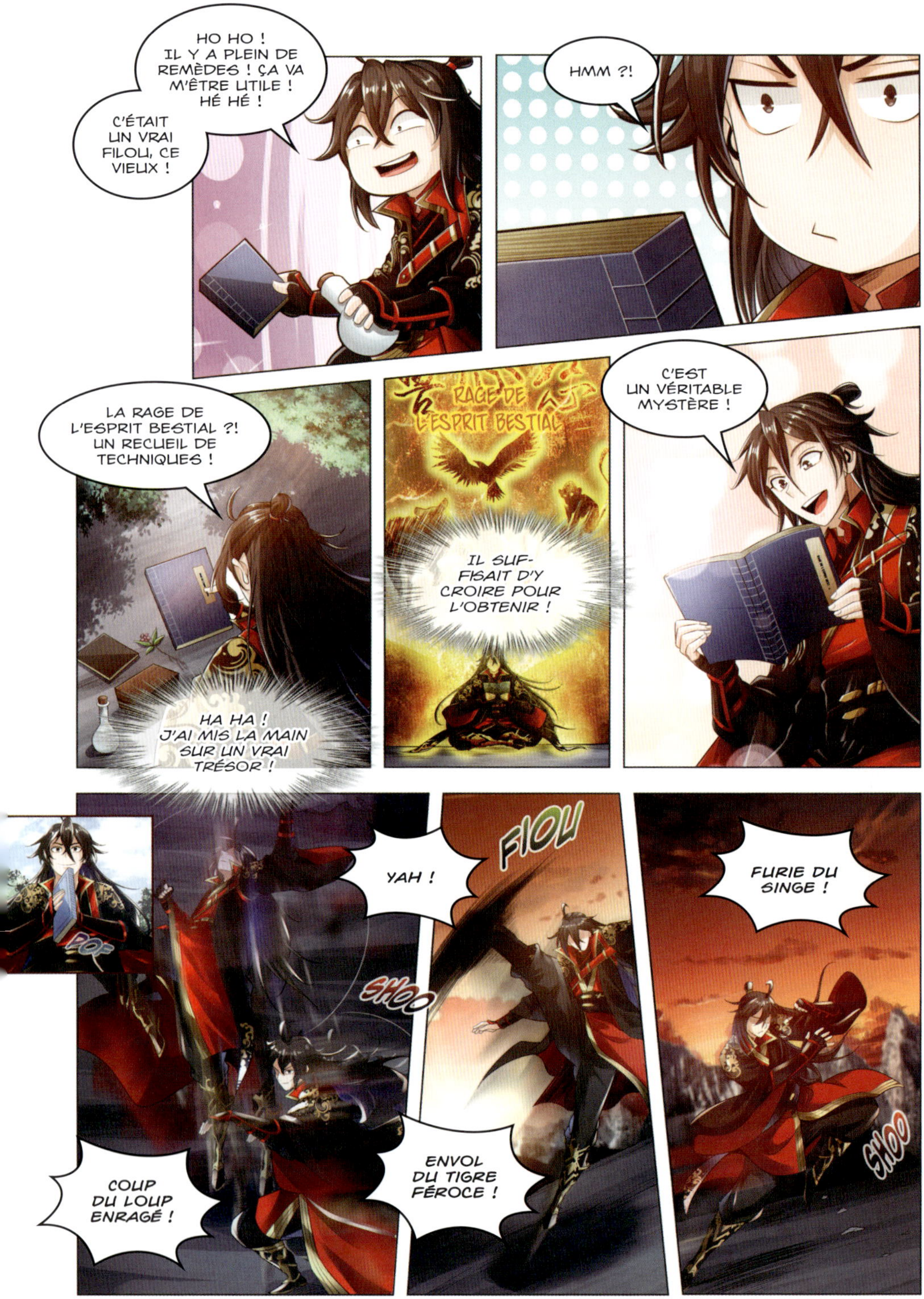
C'ÉTAIT UN VRAI FILOU, CE VIEUX !
HO HO ! IL Y A PLEIN DE REMÈDES ! ÇA VA M'ÊTRE UTILE ! HÉ HÉ !
HMM ?!
LA RAGE DE L'ESPRIT BESTIAL ?! UN RECUEIL DE TECHNIQUES !
HA HA ! J'AI MIS LA MAIN SUR UN VRAI TRÉSOR !
RAGE DE L'ESPRIT BESTIAL
IL SUF-FISAIT D'Y CROIRE POUR L'OBTENIR !
C'EST UN VÉRITABLE MYSTÈRE !
POF
SHOO
COUP DU LOUP ENRAGÉ !
YAH !
FIOU
ENVOL DU TIGRE FÉROCE !
FURIE DU SINGE !
SHOO

PFIOU ! JE SUIS LESSIVÉ !
HEIN ?
SHOO
UN DISCIPLE DU DOMAINE DE LA CONTEMPLATION ?
NOTE : PENDANT LA FORMATION, LES CAPACITÉS VARIENT EN FONCTION DU DOMAINE DE SPIRITUALITÉ. POUR SE DÉPLACER DANS LES AIRS, LES DISCIPLES DU DOMAINE DE L'ESSENCE ONT RECOURS À DES BÊTES SPIRITUELLES, TANDIS QUE LES DISCIPLES DU DOMAINE DE LA SINCÉRITÉ CHEVAUCHENT DES ÉPÉES VOLANTES.
NOTE : LES DISCIPLES DU DOMAINE DE LA QUIÉTUDE UTILISENT DES ARCS-EN-CIEL DIVINS. SEULS LES DISCIPLES DU DOMAINE DE LA CONTEMPLATION SONT CAPABLES DE SE DÉPLACER DANS LES AIRS SANS AVOIR RECOURS À DES BÊTES SPIRITUELLES, DES ÉPÉES VOLANTES OU DES ARCS-EN-CIEL DIVINS.

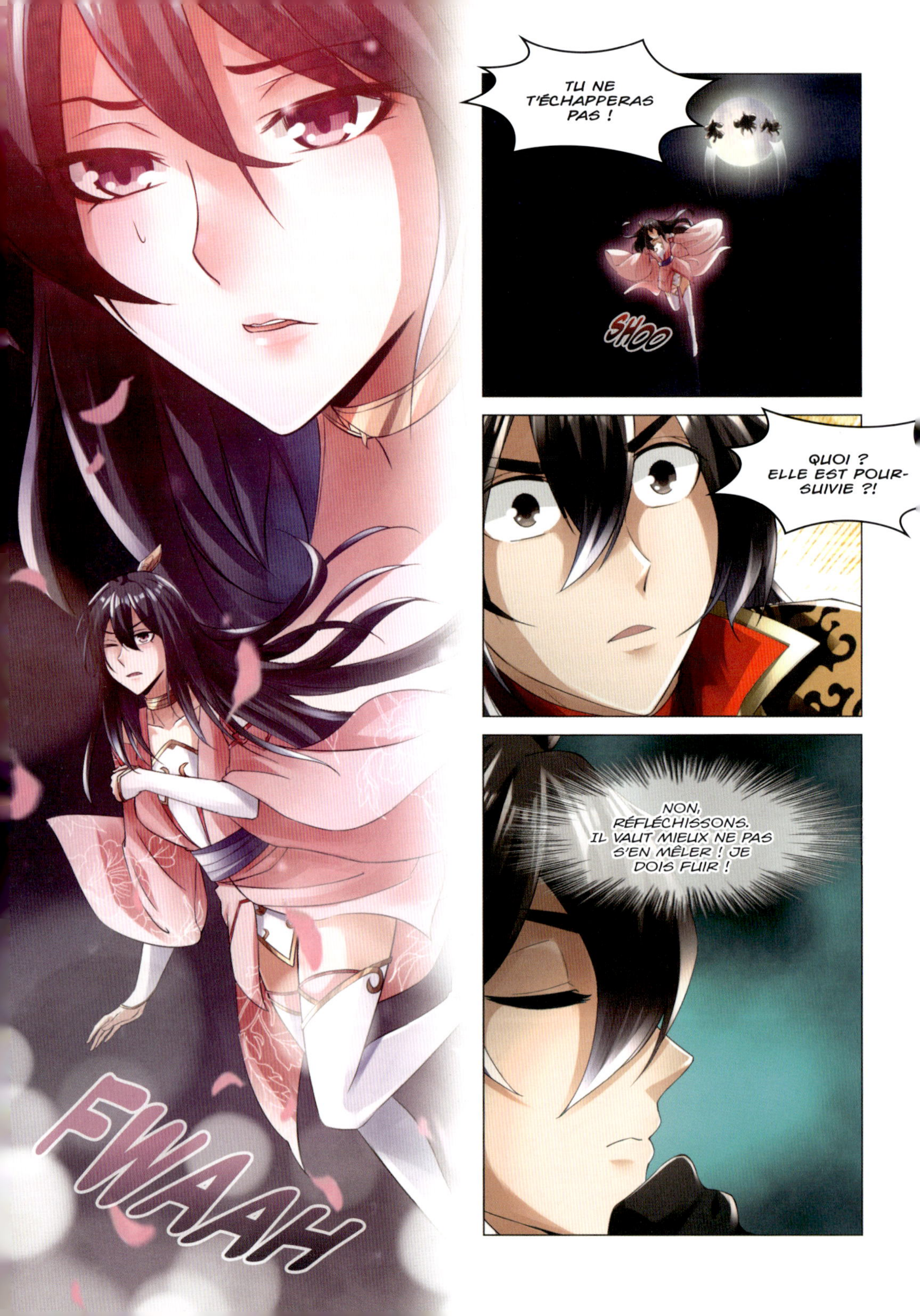
TU NE T'ÉCHAPPERAS PAS !
SHOO
QUOI ? ELLE EST POUR-SUIVIE ?!
NON, RÉFLÉCHISSONS. IL VAUT MIEUX NE PAS S'EN MÊLER ! JE DOIS FUIR !
FWAAH

SHWOO
QUI VA LÀ ?! MONTREZ-VOUS !
...
SHWOO
CACHE-TOI ICI ET NE FAIS PAS UN BRUIT !

BONSOIR, MESSIEURS ! JE NE SUIS QU'UN VOYAGEUR DE PASSAGE.
TU AS VU QUELQU'UN PASSER PAR LÀ, GAMIN ?
TU AS ENTENDU QUELQUE CHOSE ?
ELLE... ELLE EST PARTIE DE CE CÔTÉ !
TU N'AS PAS INTÉRÊT À MENTIR, SI TU TIENS À LA VIE !
ELLE EST SÉRIEUSEMENT BLESSÉE. ET PUIS, AVEC LES EFFETS DE LA DROGUE DU PLAISIR, ELLE NE DOIT PAS POUVOIR ALLER BIEN LOIN !
SI ON ARRIVE À L'ATTRAPER, LE MAÎTRE NOUS RÉCOMPENSERA ! ON DOIT LA RETROUVER !

PFIOU... ILS SONT ENFIN PARTIS !
...
WOUH
ATTENTION !
SHOO

ÇA VA... ?

DULIM
CETTE CHALEUR... J'ÉTOUFFE...
J'ÉTOUFFE...
SHRII
SHRII
AH... J'AI CHAUD...
TU ES ENFIN RÉVEILLÉE ?
JE MEURS... DE CHAUD...

QU'EST-CE QUE...

SHOO
AHM...
ELLE EST TOUJOURS SOUS L'EMPRISE DE LA DROGUE DU PLAISIR ? QUELS FOURBES !
REPRENDS-TOI !
HMM...
BOM

CALME-TOI !
SHRR

XIAO LING YUAN
CLAN HENGYUE
DIS-NOUS OÙ TU CACHES CET HOMME, VIEUX CROÛTON !
IL... IL EST DÉJÀ PARTI...
DANS CE CAS, DONNE-NOUS LA MALÉDICTION CÉLESTE.
ARGH !
!
JE SUIS DÉSOLÉ... JE NE L'AI PLUS...
UTILISEZ LES GRANDS MOYENS ! FRAPPEZ-LE ! FAITES-LE SOUFFRIR !
ARGH...

FORÊT DES BÊTES
ORDURE ! JE VAIS TE FAIRE LA PEAU !
C'EST INSENSÉ... ! C'EST TOI QUI AS AGI... DE LA SORTE !
JE T'AI SAUVÉE ALORS QUE TU ÉTAIS SOUS L'INFLUENCE DE LA DROGUE !
DANS CE CAS, POURQUOI AVOIR AGI AINSI ?!
SI J'AVAIS SU QUE TU ÉTAIS AUSSI FOLLE, JE NE T'AURAIS PAS SAUVÉE !
ORDURE !
SALE PRÉDATEUR ENRAGÉ ! MEURS !
ÇA SUFFIT... ARGH... JE NE PEUX PLUS... RESPIRER... ARGH...
MEURS ASPHYXIÉ ! GROS PERVERS !

SHWOO
LES HOMMES DE HUO ?!
ATTENDS ICI, JE REVIENS !
SHOO
BOM
BON SANG !
QUOI ?!
ZWOM
PARS À SON SECOURS !
SHWOO

DAM
DAM
DAM
CHU LING ! TU VEUX ENCORE TE LANCER DANS UNE BATAILLE FUTILE ?!
TU DOIS PAYER LE PRIX DE TA TRAHISON !
ZWOM
TU N'ES PAS TRÈS FUTÉE !
ZWOM
DES RENFORTS ENNEMIS APPROCHENT ! CE SONT DES DISCIPLES DU CLAN HENGYUE !
ZWOM
ZWOM
ON SE REPLIE !
SHOO
SHOO
SHOO

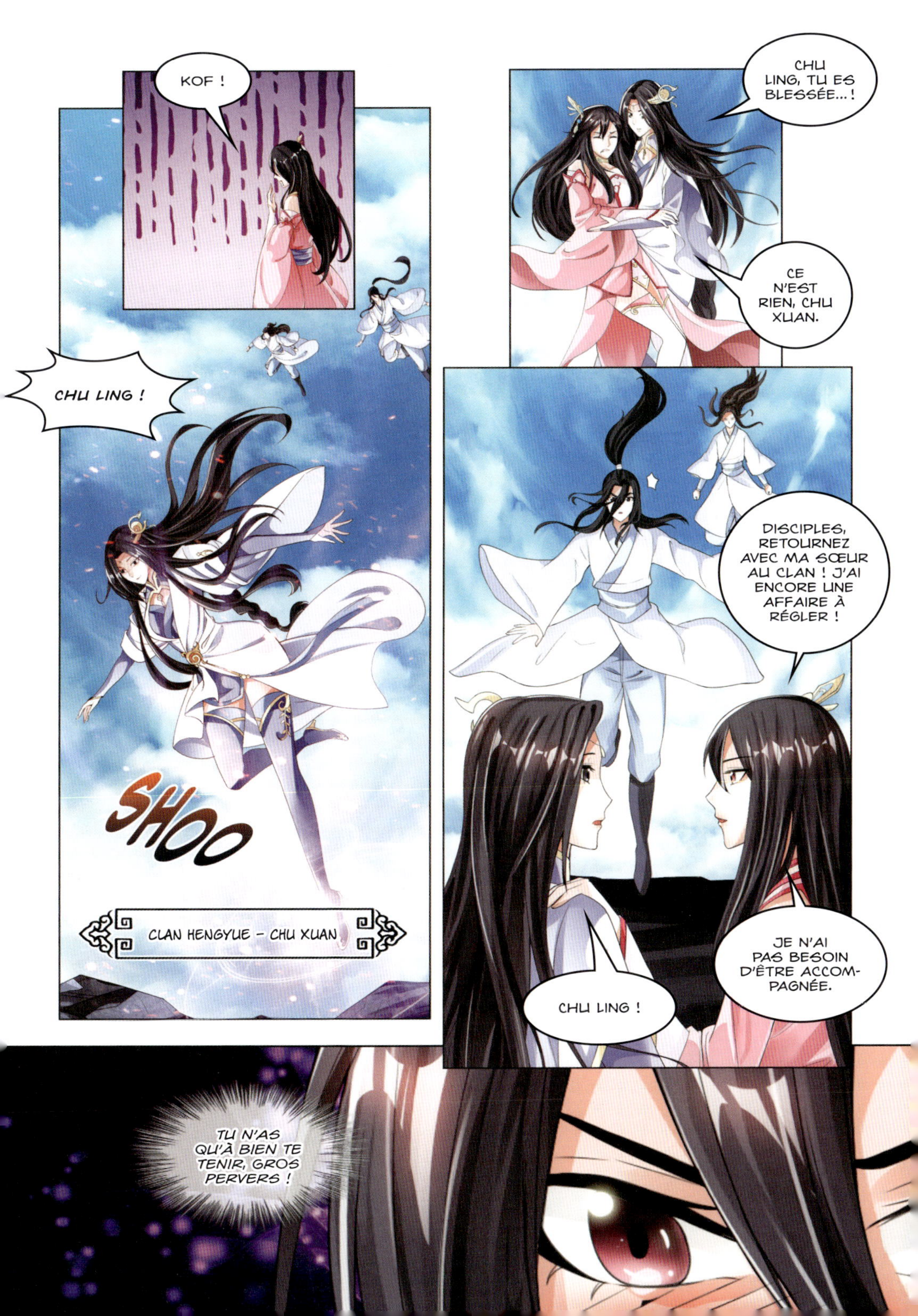
KOF !
CHU LING !
SHOO
CLAN HENGYUE - CHU XUAN
CHU LING, TU ES BLESSÉE... !
CE N'EST RIEN, CHU XUAN.
DISCIPLES, RETOURNEZ AVEC MA SOEUR AU CLAN ! J'AI ENCORE UNE AFFAIRE À RÉGLER !
CHU LING !
JE N'AI PAS BESOIN D'ÊTRE ACCOMPAGNÉE.
TU N'AS QU'À BIEN TE TENIR, GROS PERVERS !

IL S'EST ENFUI ?!
SALE PERVERS ! NE PENSE PAS POUVOIR T'ÉCHAPPER !
AH... !
J'AI TROP HONTE !
CHU LING ?
FIOU
QU'EST-CE QUE TU FAIS ICI ?
QU'EST-CE QUE TU CHERCHES, ALORS ?
RIEN DE SPÉCIAL... !
CE N'EST PAS BIEN DE MENTIR, TU SAIS...
QUOI ? TU AS FAIT TOMBER UN OBJET PRÉCIEUX DANS LE COIN ?
MAIS OÙ EST CET OBJET ? J'AI POURTANT FOUILLÉ PARTOUT...
SHOO
SHOO
...
ÇA SUFFIT, J'ABANDONNE ! RENTRONS ! MAÎTRE ZHAO DOIT NOUS ATTENDRE !

TCHAK
SHRAK
PFIOU !
J'AI FAILLI Y RESTER...
YAH ! YAH !
XIAO LING YUA
PLEURE ! PLUS FORT ! JE VEUX T'ENTENDRE HURLER !
BAM
SALE MORVEUX ! TU JOUES LES DURS À CUIRE !
FRAPPE-MOI... JE PRÉFÈRE... QUE CE SOIT MOI...
TCHI
TCHI
TU TE PORTES VOLONTAIRE ? ÇA ME VA !

AAH ! AAH !
TCHI
PAPY !
SINON, JE NE M'ARRÊTERAI JAMAIS !
TES OS ONT L'AIR DE TENIR LE COUP ! ON REPREND !
TCHI
TCHI
CE N'EST PAS FINI !
TCHI
AAAH ! AAH...
DONNE-MOI LA MALÉDICTION CÉLESTE !
ZHAO TAO, RESTONS PRUDENTS. SI TU LE TUES VRAIMENT, ON SERA PUNIS.
PAS FAUX... CELA DIT...
CELA DIT... JE NE PEUX PAS M'ARRÊTER MAINTENANT !
NON... PAS MAINTENANT !

SI JE COMPRENDS BIEN, CETTE BÊTE ÉTAIT COMME UN MEMBRE DE VOTRE FAMILLE, NON ? JE VAIS LA FAIRE CUIRE SOUS VOS YEUX RIEN QUE POUR VOUS !
ORDURE !
VOUS DEUX, C'EST L'HEURE DE DÉPLUMER CET OISEAU !
COMPRIS !
LA NUIT A ÉTÉ LONGUE, JE COMMENÇAIS JUSTEMENT À AVOIR LES CROCS !
HMM !
HMM ! HMM !
LE VIEUX, JE SUIS DE RE...

TU ES REVENU ? TU N'AS PAS ENCORE APPRIS LA LEÇON ?!
ZHAO TAO...
TIENS-TOI PRÊT... PLUS RIEN NE POURRA TE SAUVER, CETTE FOIS !
TU MÉRITES...
DES PAROLES EN L'AIR !
BAM
LA...
HEIN ?! QUOI ?!
MORT !
BON SANG...
CET IDIOT... IL EST DEVENU FOU ? IL A PRIS MES LAMES D'ÉNERGIE DE PLEIN FOUET ?
BABOUM

NE RESTEZ PAS PLANTÉS LÀ, ATTAQUEZ !
SHOO
SHOO
À L'ATTAQUE !

HORS DE MA VUE !
BOM
WAAH !
L'ANCIEN !
SHOO
ARGH... AH...
TOUT EST MA FAUTE...
PAPY ! OUIIIIN ! PAPY...
TU N'Y ES POUR RIEN, JEUNE HOMME...
MOI, DRAGON, JE T'EN FAIS LA PROMESSE...
JE NE LES LAISSERAI PLUS JAMAIS TE FAIRE DU MAL !

ON SAVAIT QUE C'ÉTAIT CRUEL... MAIS ON N'AVAIT PAS LE CHOIX...
VOUS LE SAVIEZ, TU DIS... ?
PAIE LES CONSÉ-QUENCES DE TES ACTES !
ARGH !
BAM

MON NOYAU SPIRITUEL ! MON ÉNERGIE SPIRI-TUELLE !
NON... ARRÊTE !
AH !
TU... TU NE SAIS PAS QUI EST MON MAÎTRE ?
MON MAÎTRE, C'EST LE GRAND GE HONG ! IL EST À LA TÊTE DU MONT DIYANG ! TU N'AS PAS PEUR DES REPRÉ-SAILLES ?
JE TE L'AVAIS BIEN DIT.
BLAM
PLUS PERSONNE NE POURRA TE SAUVER !
WARGH !
BOUM

JE VAIS VOUS RENDRE LA DOULEUR DE L'ANCIEN AU CENTUPLE !
SHOO
AAAAH !
AAH ! BON SANG ! J'AI LA RAGE !
CE SONT LES AIGUILLES RÉCUPÉRÉES SUR LE VIEUX DE LA MONTAGNE. ELLES ONT ÉTÉ TREMPÉES DANS DU VENIN DE GRENOUILLE, DONT J'AI TESTÉ LES EFFETS SUR MON PROPRE CORPS. LE POISON NE TUE PAS IMMÉDIATEMENT, MAIS IL RONGE PROGRESSIVEMENT LE CORPS ET INFLIGE UNE DOULEUR PLUS TERRIBLE QUE LA MORT.
AAAH... JE... AH...
BANG
PAR PITIÉ ! ÉPARGNE-MOI... JE T'EN PRIE !
C'EST ZHAO LONG QUI EST DERRIÈRE TOUT ÇA ! C'EST LUI QUI VEUT LA MALÉDICTION CÉLESTE ET QUI M'OBLIGE À AGIR AINSI ! JE NE SUIS PAS LE VILAIN DANS CETTE HISTOIRE !
ZHAO LONG ! JE VAIS TE FAIRE PAYER LE PRIX DE TES ACTIONS, MÊME SI CELA ME COÛTE LA VIE !

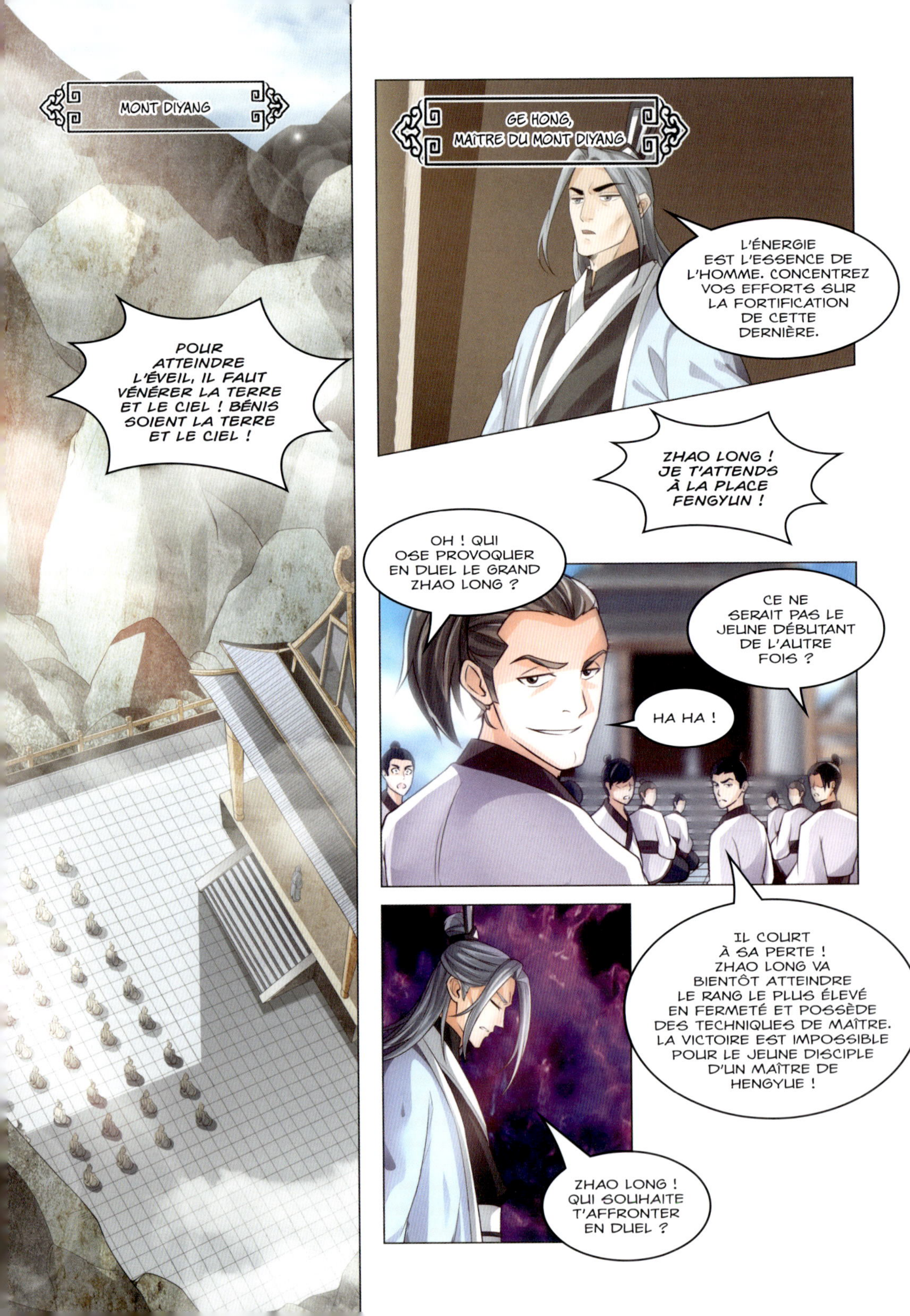
MONT DIYANG
POUR ATTEINDRE L'ÉVEIL, IL FAUT VÉNÉRER LA TERRE ET LE CIEL ! BÉNIS SOIENT LA TERRE ET LE CIEL !
GE HONG, MAÎTRE DU MONT DIYANG
L'ÉNERGIE EST L'ESSENCE DE L'HOMME. CONCENTREZ VOS EFFORTS SUR LA FORTIFICATION DE CETTE DERNIÈRE.
ZHAO LONG ! JE T'ATTENDS À LA PLACE FENGYUN !
OH ! QUI OSE PROVOQUER EN DUEL LE GRAND ZHAO LONG ?
CE NE SERAIT PAS LE JEUNE DÉBUTANT DE L'AUTRE FOIS ?
HA HA !
IL COURT À SA PERTE ! ZHAO LONG VA BIENTÔT ATTEINDRE LE RANG LE PLUS ÉLEVÉ EN FERMETÉ ET POSSÈDE DES TECHNIQUES DE MAÎTRE. LA VICTOIRE EST IMPOSSIBLE POUR LE JEUNE DISCIPLE D'UN MAÎTRE DE HENGYUE !
ZHAO LONG ! QUI SOUHAITE T'AFFRONTER EN DUEL ?

IL S'AGIT DU NOUVEL APPRENTI DRAGON, CHER MAÎTRE !
DRAGON ?
LE FAMEUX APPRENTI DE 16 ANS QUI EST AU PLUS BAS DE L'ÉCHELLE, CE DRAGON-LÀ ?
VOUS LE CONNAISSEZ, MAÎTRE ?
DRAGON SOUHAITAIT REJOINDRE LE MONT DIYANG, MAIS J'AI REFUSÉ SON ADHÉSION. NOUS N'ACCEPTONS PAS LES DÉCHETS DE SON GENRE ICI.
VA ! IL EST BON DE REMETTRE LES GENS À LEUR PLACE, MAIS N'EN FAIS PAS TROP. LE MONT DIYANG N'EST PAS DU GENRE À S'ATTAQUER AUX FAIBLES.
C'EST DONC CE QUI S'EST PASSÉ ?
COMME IL A ÉTÉ REFUSÉ AU MONT DIYANG, EST-CE QU'IL ESPÈRE ATTIRER L'ATTENTION DU MAÎTRE ET GAGNER UNE PLACE DE DISCIPLE EN PROPOSANT CE GENRE DE DUEL ?
QUEL FOURBE !

PLACE FENGYUN
QUOI ? CET APPRENTI N'EST QU'UN DÉBUTANT ET IL SOUHAITE AFFRONTER ZHAO LONG ?!
IL N'A AUCUNE CHANCE !
LA PLACE FENGYUN EST UN LIEU OÙ LES DISCIPLES DU CLAN HENGYUE S'AFFRONTENT DEPUIS DES ANNÉES. PLUS DE HUIT CENTS DISCIPLES, VOIRE UN MILLIER, Y ONT DÉJÀ LAISSÉ DES MEMBRES LORS D'AFFRON-TEMENTS.
C'EST DONC LUI, DRAGON, LE NOU-VEL APPRENTI DE NOTRE CLAN ?
IL PARAÎT QUE LE MAÎTRE N'A PU EN FAIRE QU'UN APPRENTI CAR LES TROIS MAÎTRES DES MONTS ONT REFUSÉ DE LE PRENDRE COMME DISCIPLE.
SON BUT EST-IL DE PROUVER SA VALEUR AUX MAÎTRES AVEC CE DUEL CONTRE ZHAO LONG LONG, AFIN DE SE FAIRE RECRU-TER ?
ZHAO LONG VIENT D'ARRIVER !

BON COU-RAGE, ZHAO LONG !
C'EST ÇA !
BON COURAGE !
DRAGON ! TU AS FAIT TOUT CE CHEMIN POUR M'AFFRONTER ? JE NE SAIS PAS SI C'EST UN ACTE SUICIDAIRE, MAIS JE SALUE TA BRAVOURE.
APPROCHE !
TU TE PRENDS POUR QUI ? TU DEVRAIS MONTRER PLUS DE RESPECT À ZHAO LONG, C'EST TON AÎNÉ !
ZHAO LONG, INUTILE DE TE SALIR LES MAINS FACE À...
ALLONS, CE CHER CADET A PRIS LA PEINE DE ME DÉFIER EN PERSONNE. ÇA ME FERA UN BON ÉCHAUFFEMENT !
SHOO
SHOO

LES DISCIPLES DU MONT DIYANG FONT TOUJOURS PREUVE D'ÉQUITÉ. ON NE VA PAS BRISER LES CODES DE LA PLACE FENGYUN, PAS VRAI ?
QUELLE CLASSE !
ZHAO LONG EST LE MEILLEUR !
APPROCHE !
WOOSH
NE NOUS PRÉCIPITONS PAS. CEUX QUI SE BATTENT SUR LA PLACE FENGYUN DOIVENT TOUJOURS METTRE EN JEU QUELQUE CHOSE. QU'EST-CE QUE TU METS EN JEU, DRAGON ?
CEUX QUI S'AFFRONTENT SUR LA PLACE FENGYUN PEUVENT SE METTRE D'ACCORD POUR AJOUTER UN ENJEU AU DUEL. LE VAINQUEUR REMPORTE ALORS LA MISE. PIERRES D'ÂME, EAU SPIRITUELLE, ÉLIXIRS... TANT QUE LES DEUX PARTIES S'ACCORDENT, TOUT PEUT ÊTRE PARIÉ.
DIS-MOI D'ABORD CE QUE *TU* METS EN JEU.

LE PERDANT DEVIENT LE SERVITEUR DU GAGNANT JUSQU'À LA FIN DE SES JOURS.
QU'EN PENSES-TU ?
ÇA ME SEMBLE UN PEU EXAGÉRÉ...
AVOIR UN SERVITEUR POUR LA VIE, C'EST COMME AVOIR UN ESCLAVE. DRAGON POURRAIT Y GAGNER GROS.
ZHAO LONG, C'EST TOUT CE QUE TU AS À PROPOSER ? VOYONS LES CHOSES EN GRAND !
OH ! ÉCLAIRE-MOI DONC. QUE PROPOSES-TU ?
NOS VIES !
ALLONS, MON GARÇON. TU COMPRENDS VRAIMENT CE QUE ÇA IMPLIQUE ?
SERAIS-TU TERRIFIÉ ?

TERRIFIÉ ? HA HA ! TU ME FAIS BIEN RIRE !
ÇA ME VA !
PUISQUE TU SOUHAITES TANT MOURIR, TU NE POURRAS PAS M'EN VOULOIR SI JE T'ÔTE LA VIE !
BOM
BON SANG... TU ES CORIACE !

SI TU ME SOUS-ESTIMES, UNE MORT TRAGIQUE T'ATTEND !
SLASH
QUELLE FORCE INCROYABLE POUR UN APPRENTI !
CEPENDANT, ÇA RESTE UN DÉBUTANT... IL NE PEUT PAS RIVALISER EN PUISSANCE AVEC ZHAO LONG.
SON NIVEAU NE LUI OFFRE QUE PEU D'OPTIONS. ET PUIS, IL DOIT UTILISER SON ÉNERGIE POUR MANIER TIANQUE, CE QUI LE VIDE RAPIDEMENT. LE POIDS DE L'ÉPÉE RALENTIT AUSSI SES MOUVEMENTS. FAIRE DE TIANQUE SON ARME ÉTAIT UNE ERREUR.
AH ! YAH !
YAH !

BAM
TCHAC
SHOO
À MON TOUR !
TCHA
SHOO
HA HA ! TU ES MAIN-TENANT SANS DÉFENSE !
SHOO
SHOO
ZWOM

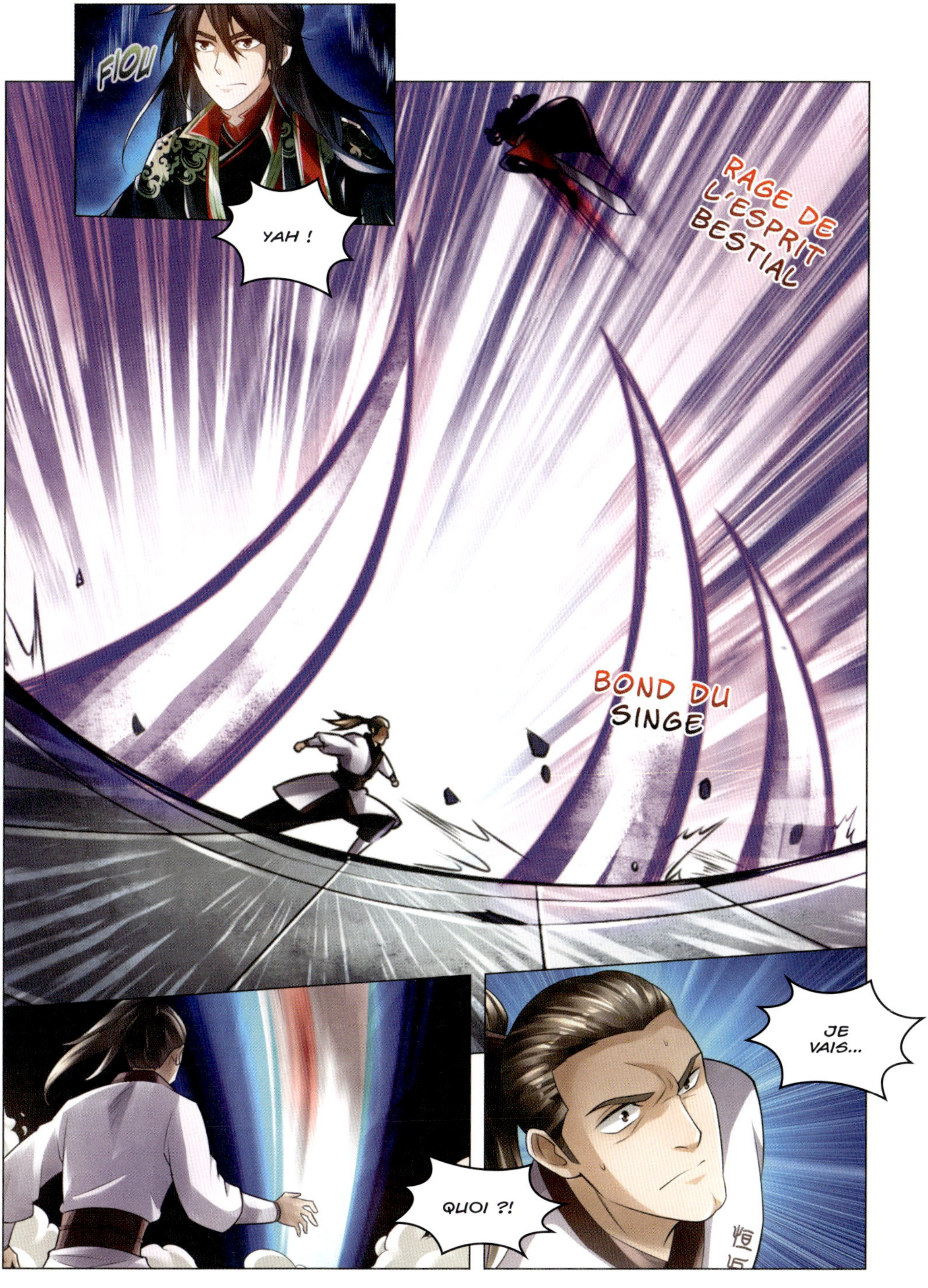
FIOU
YAH !
RAGE DE L'ESPRIT BESTIAL
BOND DU SINGE
QUOI ?!
JE VAIS...

... T'ÉCRASER !
VLAM

AH... !
ORDURE...
DAM
DRAGON, JE VAIS TE TUER !
ARGH !
RAGE DE L'ESPRIT BESTIAL
CRÈVE !
FWAH
SERVITEUR DU TIGRE
TA CHANCE A TOURNÉ AU MOMENT OÙ TU M'AS PRIS POUR CIBLE !
SHOO

BAM
WAAH !
CES TECHNIQUES... D'OÙ SORTENT-ELLES ?!
DES TECHNIQUES RAFFINÉES ? DES TECHNIQUES D'ÉVEIL ? NON, CE N'EST PAS POSSIBLE. CE SONT DES ARTS MARTIAUX PRIMITIFS.
IL N'Y A AUCUN DOUTE, IL UTILISE DES ARTS MARTIAUX PRIMAIRES POUR EN FAIRE VOIR DE TOUTES LES COULEURS À ZHAO LONG !
UGH...
UGH...

C'EST LA TECHNIQUE QU'IL A REÇUE DU MAÎTRE !
POING DU LOUP BLEU
BWOM
GRO
POING DE FOUDRE ÉCLATANT

BWOM
EST-CE VRAIMENT UN DÉBUTANT ?
SA... SA FORCE EST EFFRA-YANTE !
WOOSH
C'EST... C'EST IMPOSSIBLE !
LE POING DU LOUP BLEU EST UNE TECHNIQUE PARTICULIÈREMENT PUISSANTE QUE PEU DE DISCIPLES ONT EU LA CHANCE DE VOIR AU MONT DIYANG. AFIN DE LA MAÎTRISER, ZHAO LONG A DÛ DÉCIMER UN GRAND NOMBRE D'ADVERSAIRES.
CEPENDANT, UN SIMPLE DISCIPLE DÉBUTANTVIENT DE PARER CETTE TECHNIQUE ANCESTRALE. POUR ZHAO LONG, C'EST UN PHÉNOMÈNE INSENSÉ.
BAM
BAM
PRENDS ÇA !
SHOO
YAAH !
ET VOILÀ LE COUP DE GRÂCE !
DUUM

...
TCHING
URGH...
LE GRAND VÉTÉRAN ZHAO LONG EST À GENOUX FACE À L'ÉPÉE DU DISCIPLE DÉBUTANT...!
SHRIIC
VLAM
...
TU AS PERDU !
IMPOSSIBLE... C'EST IMPOSSIBLE...

IL EST TEMPS...
... DE T'ACHEVER !
DRAGON A VRAIMENT L'INTENTION... DE LE TUER ?!
MALGRÉ L'ENJEU, ZHAO LONG RESTE LE DISCIPLE NUMÉRO UN DU MAÎTRE DU MONT DIYANG ! S'IL LUI ÔTE LA VIE, IL LE REJOINDRA DANS PEU DE TEMPS !
CELA DIT, SON REGARD PROUVE QU'IL EST VRAIMENT SÉRIEUX !

JE SUIS UN DISCIPLE DU MONT DIYANG ! TU ES SÛR DE VOULOIR M'ÉLIMINER ?
UN ENJEU ? PARIER SA VIE ? FAITES-MOI RIRE !
J'AI CERTES PERDU, MAIS IL ME SUFFIT DE NE PAS LE RECONNAÎTRE ! L'ESSENTIEL, C'EST D'AVOIR UN SOUTIEN INÉBRANLABLE !
SI TU TUES ZHAO LONG, NOTRE MAÎTRE SERA SANS MERCI !
UN PARI EST UN PARI. SA MORT EST INÉVITABLE.
JEUNE DISCIPLE...
IL S'AGIT D'UN SIMPLE DUEL. IL N'Y A AUCUNE RAISON D'ALLER PLUS LOIN.
MONT RENYANG – SU XINYUE
UNE PERSONNE AUSSI NOBLE, ICI ? CELA N'ARRIVE PAS TOUS LES JOURS !
AURAIS-TU TENU LE MÊME DISCOURS SI J'AVAIS ÉTÉ LE PERDANT ?
LE MEURTRE NE RÉSOUT RIEN.

BON COURAGE, ZHAO LONG.
C'EST ÇA !
BONNE ROUTE...
CE SONT TOUS LES MÊMES... ILS PRENNENT TOUT LE MONDE DE HAUT... ILS MONTRENT UN SEMBLANT DE PITIÉ, MAIS EN RÉALITÉ, CE SONT DES HYPOCRITES.
SI JE COMPRENDS BIEN, TU ME DEMANDES DE L'ÉPARGNER ?
JE SOUHAITE SIMPLEMENT QUE TU RESTES SUR LE DROIT CHEMIN.
DIS-MOI, TU AS UNE FAMILLE ?
SI J'ATTACHAIS LES MEMBRES DE TA FAMILLE ET QUE JE LES TORTURAIS NUIT ET JOUR SANS INTERRUPTION, TU N'AURAIS PAS ENVIE DE ME TUER, TOI AUSSI ?
!

SI C'ÉTAIT VRAIMENT LE CAS, TU NE ME SORTIRAIS PAS CE MISÉRABLE DISCOURS DE PITIÉ !
JE...
SHRII
FROUSH

SHOO
SHOO
SHOO
TCHA
FIOU

C'EST LE MAÎTRE !
MAÎTRE GE HONG, VOTRE PRÉSENCE NOUS HONORE !
QUEL HONNEUR, MAÎTRE !
HA HA...
MAÎTRE ! SAUVEZ-MOI ! DRAGON A PERDU LA RAISON, IL VEUT ME TUER...
IL A RAISON ! DRAGON DOIT ÊTRE JUGÉ AU TEMPLE JIELU SUR-LE-CHAMP, MAÎTRE !
IL FAUT ÉTOUFFER LE MAL DANS L'ŒUF !
JE VOUS EN PRIE, SAUVEZ ZHAO LONG !

DRAGON, RANGE TON ARME.
JE RECONNAIS TA VALEUR... J'ACCEPTE DE TE PRENDRE SOUS MON AILE EN TANT QUE DISCIPLE !
MAÎTRE, QU'EST-CE QUE...
POURQUOI CETTE DÉCISION ?
MAÎTRE GE HONG L'ACCEPTE COMME DISCIPLE ? C'EST LA PREMIÈRE FOIS QUE JE LE VOIS FAIRE LA DEMANDE DE LUI-MÊME !
C'EST INSENSÉ ! DRAGON S'EST DONNÉ EN SPECTACLE RIEN QUE POUR ATTIRER L'ATTENTION DU MAÎTRE ?!
SON OBJECTIF ÉTAIT DE REJOINDRE LE MONT DIYANG ?! EH BIEN, C'EST RÉUSSI !
VOS PAROLES ME TOUCHENT, CHER MAÎTRE. CEPENDANT, JE NE SOUHAITE PAS DEVENIR VOTRE DISCIPLE.
COMMENT ?!
MAÎTRE GE HONG EST L'UN DES MAÎTRES DES TROIS SOMMETS DU CLAN HENGYUE ! POUVOIR LE REJOINDRE EST LE RÊVE D'UN GRAND NOMBRE D'HOMMES ET DE FEMMES ! ET POURTANT, CET APPRENTI SANS EXPÉRIENCE EST PRÊT À DÉCLINER UNE TELLE OFFRE ?!
C'EST LA PREMIÈRE FOIS QUE LE MAÎTRE GE HONG SE DÉPLACE EN PERSONNE POUR RECRUTER UN DISCIPLE, ET IL SE FAIT REJETER ?!
QU'EST-CE QUE TU DIS ?

BWAH !
DUUM
JE N'AI PAS L'INTENTION DE DEVENIR UN DISCIPLE DES SOMMETS.
ON NE M'ACCORDE MÊME PAS UN REGARD LA PREMIÈRE FOIS, ET MAINTENANT, ON ME SUPPLIE DE DEVENIR UN DISCIPLE ? ILS ME PRENNENT POUR UNE BÊTE IGNORANTE ET SANS DIGNITÉ ?
VOILÀ QUI EST AMUSANT !
HA
HA
HA
BON SANG, ÇA CRAINT ! C'EN EST FINI DE LUI ! LE MAÎTRE GE HONG EST PARTICULIÈREMENT RANCUNIER... IL NE LAISSERA PAS PASSER CET AFFRONT !
QUEL EFFRONTÉ ! POUR QUI EST-CE QU'IL SE PREND ?!

WOOSH
JE T'ORDONNE DE LE LIBÉRER !
OH... !
DÉSOLÉ, MAIS JE NE PEUX PAS LE LAISSER FILER. IL DOIT REMPLIR SA PART DU CONTRAT. SA MORT EST INÉLUCTABLE.
SHROO
MEURS, DÉMON !

ALLONS, MAÎTRE. JE SUIS UN HUMAIN, PAS UN DÉMON.
FAITES UN PAS ET JE LUI TRANCHE LA GORGE.
TU ME MENACES ?!
DRAGON, JE RECONNAIS QUE TU ES PLUS BRAVE QUE TOUS CEUX QUI SONT ICI RÉUNIS... MAIS DE LÀ À REFUSER UNE PLACE AUPRÈS DES SOMMETS ?!
JE SUIS PRÊT À COOPÉRER, MAIS SI VOUS SOUHAITEZ TOUJOURS MA MORT, JE L'EMPORTE DANS MA TOMBE !
COMME JE L'AI DIT, UN PARI EST UN PARI. SA MORT EST INÉVITABLE. MAIS SI VOUS NE VOULEZ PAS QUE JE SOIS SON BOURREAU, QU'IL EN SOIT AINSI. JE VOUS LE LAISSE. VOYONS SI VOUS ÊTES UN HOMME DE PAROLE.
IL FAUT RESPECTER SES PROMESSES.
QU'EST-CE QUE VOUS EN DITES ?
MAÎTRE... AIDEZ-MOI... S'IL VOUS PLAÎT, SAUVEZ-MOI !
SHRIC
JE N'OUBLIE PAS MA RAN-CUNE CONTRE LE MONT DIYANG. JE NE CÉDERAI PAS SOUS PRÉTEXTE QUE C'EST MAL DE TUER.

VOUS NE POUVEZ PAS ME TUER APRÈS CE PARI QUE NOUS AVONS FAIT SUR LA PLACE FENGYUN, AUX YEUX DE TOUS ! LES HOMMES QUI SE TIENNENT AU SOMMET...
... N'ONT AUCUN INTÉRÊT À DÉTRUIRE LE FUTUR PROMETTEUR D'UN APPRENTI TEL QUE MOI !
DE PLUS, ZHAO LONG EST UN DISCIPLE QUE VOUS AVEZ ENTRAÎNÉ PERSONNELLEMENT. SI VOUS VOUS DÉBARRASSEZ DE NOUS DEUX, VOUS NE POURREZ PLUS VOUS REGARDER EN FACE !
FIOU
DRAGON, TU COMPRENDS BIEN LA RAISON DE MA PRÉSENCE ICI.
TU AS RAISON. MAIS CELA N'A PAS D'IMPORTANCE POUR MOI.
PARCE QUE JE VAIS T'ENVOYER DANS L'AU-DELÀ !
?!

GE HONG ! LEVER LA MAIN SUR UN DISCIPLE EST UN CRIME. TU VEUX TE RETOURNER CONTRE LE CLAN HENGYUE TOUT ENTIER ?
VOTRE HONNEUR ! CET INDIVIDU A TENTÉ D'ASSASSINER MON DISCIPLE ! ME DEMANDEZ-VOUS DE RESTER LES BRAS CROISÉS TANDIS QU'IL LE TUE ?
OU ALORS... CHERCHEZ-VOUS À PROTÉGER DRAGON ?
TAP
TAP
TAP

LE PROTÉGER, MOI ? HA HA HA !
CES DEUX PERSONNES ONT ACCEPTÉ DE MISER SUR LEUR DUEL, COMME LE VEUT LA TRADITION DE LA PLACE FENGYUN. PEUT-ON VRAIMENT DIRE QUE DRAGON A TENTÉ DE VOLER LA VIE DE TON CHER DISCIPLE ? JE N'AI AUCUNE RAISON DE LE COUVRIR.
BON SANG...
HMMM...
...
DE PLUS, DRAGON A DÉJÀ ACCEPTÉ DE NÉGOCIER. SI TU FAIS PREUVE D'HONNÊTETÉ, TON CHER DISCIPLE AURA LA VIE SAUVE. IL N'Y AURA PLUS AUCUNE RAISON DE LE TUER.
UNE DÉFAITE EST UNE DÉFAITE. CEPENDANT, ON PEUT AUSSI LA PROVOQUER SOI-MÊME.
SI TU CHERCHES À PERDRE, N'HÉSITE PAS À LE TUER. JE NE SUIS PAS AVEUGLE, TU SAIS ?
DRAGON...
SHRIP
VOILÀ DE QUOI PROUVER MON HONNÊTETÉ !
POUF
BAM

UN VRAI RENARD, CELUI-LÀ !
DOM
SHOO
LES CONSÉQUENCES DE TES ACTES SERONT GRANDES ! TU LE PAIERAS TRÈS CHER...
JE TRÉPIGNE D'IMPATIENCE !
MONT TIANYANG
TU N'ES PAS AU COURANT ? ZHAO LONG A FAILLI SE FAIRE TUER PAR DRAGON !

MONT RENYANG
DRAGON... JE PENSE QU'IL NE S'EN SORTIRA PAS INDEMNE... GWARF...
LE MAÎTRE DE DIYANG ÉTAIT SUR LE POINT DE MASSACRER DRAGON ! TU AS RATÉ ÇA ?
JE N'ARRIVE PAS À CROIRE QUE TU AIES RATÉ ÇA ! GWARF...
ÇA N'A AUCUN SENS !
MAÎTRE...
COMMENT ?! ZHAO LONG A PERDU ?
MONT DIYANG
TOUTE LA GLOIRE DU MONT DIYANG REPOSAIT SUR TES ÉPAULES !
TU ES UN BON À RIEN ! QUEL FAIBLARD !

REPAIRE DANS LES BOIS
WAOUH ! 500 PIERRES D'ÂME ?!
GE HONG EST VRAIMENT PLEIN AUX AS !
NOTE : LES DISCIPLES DU CLAN HENGYUE PERÇOIVENT 20 PIERRES D'ÂME PAR MOIS. POUR DRAGON, CETTE SOMME DE 500 PIERRES D'ÂME EST UNE VÉRITABLE FORTUNE.
QUEL FOURBE ! CELA DIT, IL EST CAPABLE D'APAISER MA HAINE !
J'IMAGINE QUE ÇA NE SE PASSERA PAS AUSSI BIEN LA PROCHAINE FOIS... !
XIAO LING YUAN
WAOUH ! JE N'AI JAMAIS VU UNE TELLE QUANTITÉ DE VIANDE !
SLOUCH
SLOUCH
TU VAS POUVOIR TE RÉGALER CE SOIR, XIAO YING !

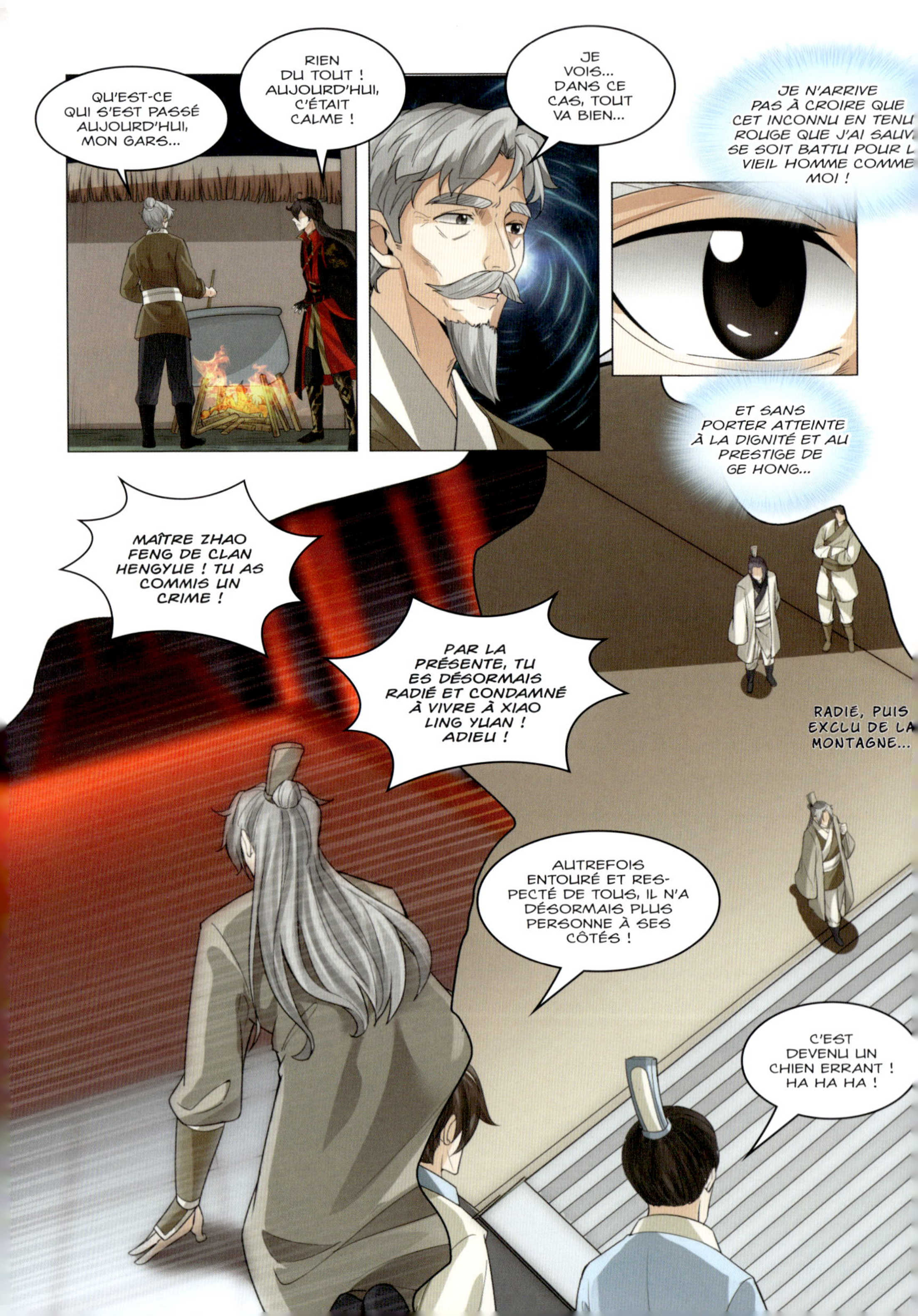
QU'EST-CE QUI S'EST PASSÉ AUJOURD'HUI, MON GARS...
RIEN DU TOUT ! AUJOURD'HUI, C'ÉTAIT CALME !
JE VOIS... DANS CE CAS, TOUT VA BIEN...
JE N'ARRIVE PAS À CROIRE QUE CET INCONNU EN TENU ROUGE QUE J'AI SAUV SE SOIT BATTU POUR L VIEIL HOMME COMME MOI !
ET SANS PORTER ATTEINTE À LA DIGNITÉ ET AU PRESTIGE DE GE HONG...
MAÎTRE ZHAO FENG DE CLAN HENGYUE ! TU AS COMMIS UN CRIME !
PAR LA PRÉSENTE, TU ES DÉSORMAIS RADIÉ ET CONDAMNÉ À VIVRE À XIAO LING YUAN ! ADIEU !
RADIÉ, PUIS EXCLU DE LA MONTAGNE...
AUTREFOIS ENTOURÉ ET RESPECTÉ DE TOUS, IL N'A DÉSORMAIS PLUS PERSONNE À SES CÔTÉS !
C'EST DEVENU UN CHIEN ERRANT ! HA HA HA !

JE NE POUVAIS MÊME PLUS PARTAGER UN REPAS AVEC QUI QUE CE SOIT, J'ÉTAIS DANS LA MISÈRE TOTALE...
ARGH !
HA HA HA ! TU ES TOUJOURS LÀ ?!
L'UN DE MES ANCIENS DISCIPLES VENAIT MÊME ME HARCELER...

DIS-MOI, TU AS UNE FAMILLE ?
SI J'ATTACHAIS LES MEMBRES DE TA FAMILLE ET QUE JE LES TORTURAIS NUIT ET JOUR SANS INTERRUP-TION, TU N'AURAIS PAS ENVIE DE ME TUER, TOI AUSSI ?
JE...!
EN COMPARAISON AVEC MES ANCIENS CONFRÈRES ET DISCIPLES, CE GARÇON EST...
ALLEZ, C'EST L'HEURE DE SE RÉGALER !
JE N'EN POUVAIS PLUS D'ATTENDRE ! HA HA HA !
XIAO YING, VOILÀ TA PART ! LAISSE-MOI SOUFFLER DESSUS ! FUU... FUU...
... ?

MONT RENYANG – SU XINYUE
TIENS DONC, MISS SU XINYUE EN PERSONNE !
QUE NOUS VAUT CET HONNEUR ?
...
LE MAÎTRE DU MONT RENYANG SOUHAITE TE PRENDRE POUR DISCIPLE.

SI TU ES D'ACCORD, TU PEUX TE RENDRE AU SOMMET RENYANG DÈS DEMAIN.
WHOOSH
ATTRAPE !
SI JE M'ATTENDAIS À RECEVOIR UNE INVITATION POUR LE SOMMET RENYANG...
TCHAC
JE NE PEUX PAS DIRE QUE ÇA NE ME FAIT PAS PLAISIR, MAIS...
NE CROIS PAS AVOIR FAIT L'UNANIMITÉ EN GAGNANT CONTRE ZHAO LONG. N'OUBLIE PAS QUE DE NOMBREUX DISCIPLES DU CLAN HENGYUE ONT DE LA RANCUNE ENVERS TOI.
JE T'AI TRANSMIS L'INFORMATION. MAINTENANT, TU FAIS CE QUE TU VEUX !
LA JUSTICE NE S'OBTIENT PAS PAR LE SANG.
SHOO

LE SOMMET RENYANG FAIT PARTIE DES TROIS PLUS GRANDS SOMMETS. JE DEVRAIS Y ALLER.
IL NE FAUT PAS SE PRÉCIPITER, IL EST IMPORTANT D'ATTENDRE LE MOMENT OPPORTUN !
OUI, JE COMPRENDS, MONSIEUR.
FWSH
DISCIPLE DU CHEF DU SOMMET TIANYANG - EIYÔ
TU ES BIEN CELUI QUI A VAINCU ZHAO LONG ?
QUE PEUT BIEN FAIRE UN ÉTRANGER ICI, AUSSI TARD DANS LA NUIT ?
JE VIENS SIMPLEMENT TRANSMETTRE LES PAROLES DE MON VÉNÉRABLE MAÎTRE.
IL SOUHAITE FAIRE DE TOI UN DISCIPLE DE TIANYANG.
OH, VRAIMENT ?

TU AS DÉJÀ PROVOQUÉ LA COLÈRE DES AUTRES SOMMETS, NE FAIS PAS L'ERREUR DE DÉCLINER CETTE FAVEUR.
C'EST ASSEZ IRONIQUE DE VOIR QUE JE N'EXISTAIS AUX YEUX DE PERSONNE IL Y A ENCORE DEUX JOURS, ET QUE JE SUIS MAINTE-NANT LE CENTRE DE L'ATTENTION.
PERSONNE NE SE RETOURNERAIT CONTRE TOI AU SOMMET DE TIANYANG !
TAP
JE SAIS BIEN COMMENT FONCTIONNENT LES CLANS.
BIEN QUE JE NE SOIS QU'UN APPRENTI DANS CE MONDE EMPLI DE HAINE OÙ SEULS LES FORTS SONT VÉNÉRÉS, JE N'INTÉGRERAI AUCUN DES TROIS SOMMETS !
JEUNE HOMME...
MONSIEUR, JE SAIS CE QUE VOUS ALLEZ DIRE, MAIS... JE NE CHERCHE PAS À FAIRE MON DIFFICILE. SIMPLEMENT, VOUS L'AVEZ VU TOUT COMME MOI, CES GENS-LÀ N'ONT AUCUN RESPECT POUR MOI.
SI JE DEVIENS LEUR APPRENTI, JE DEVRAI SÛREMENT PASSER MON TEMPS À LEUR LÉCHER LES BOTTES. JE NE PENSE PAS ÊTRE INTÉRESSÉ PAR CE GENRE DE VIE.
FAIS DE TON MIEUX, MAIS NE TE SURMÈNE PAS NON PLUS !
JE SAURAI ME SOUVENIR DE VOS ENSEIGNE-MENTS.

PFIOUU
PFIOUU
TIENS TIENS, LE DISCIPLE DRAGON !
CE TYPE EST DEVENU CÉLÈBRE APRÈS SEULEMENT UN COMBAT ET LE VOILÀ MAINTENANT DANS LA PANADE JUSQU'AU COU !
IL A LAISSÉ GE HONG S'EN TIRER À BON COMPTE.
J'AI ENTENDU DIRE QUE GE YONG AVAIT ENVOYÉ SON MEILLEUR DISCIPLE POUR DONNER UNE BONNE RACLÉE À CE DISCIPLE DRAGON.
VRAIMENT ? C'EST UN SPECTACLE À NE PAS RATER !
IL A ENVOYÉ SON DISCIPLE ?
SI SEULEMENT J'ÉTAIS PLUS FORT !

NOTE : TOUTES SORTES DE CHOSES SONT VENDUES AU PAVILLON WANBAO DE LA SECTE HENGYUE.ON PEUT NOTAMMENT Y TROUVER DES PLANTES, DES FRUITS OU DES PIERRES MAGIQUES, AINSI QUE DES MANUELS D'APPRENTISSAGE INDISPENSABLES À CEUX QUI EXERCENT UNE PRATIQUE SPIRITUELLE.
PAVILLON WANBAO
IL Y AVAIT UN ENDROIT SIMILAIRE À LA SECTE XIUXIAN, MAIS CELUI-CI EST BIEN PLUS ANIMÉ !
ALORS C'EST ÇA, LE PAVILLON WANBAO DE LA SECTE HENGYUE... JE ME DEMANDE SI JE VAIS Y TROUVER QUELQUES TRÉSORS.
ALLEZ, JE ME LANCE...
BONJOUR, MONSIEUR !
HMM... JE TE LAISSE REGARDER.
HÉ, PETIT. QUE JE NE TE PRENNE PAS À VOLER, COMPRIS ?
BIEN SÛR !
COMME JE LE PENSAIS, IL Y A BIEN QUELQUE CHOSE PAR ICI !

HMM ?!

UNE FLEUR DE LOTUS ROUGE !

500 PIERRES D'ÂME ?!
500
J'AI TOUT JUSTE 1 000 PIERRES D'ÂME !
UNE HERBE SACRÉE !
UNE FLEUR SCINTILLANTE !
UNE PLANTE MÉDICINALE !
PEUT-ÊTRE QUE SI JE CONSOMME TOUTES CES PLANTES SACRÉES, MES ENTRAÎNEMENTS N'EN SERONT QUE BIEN PLUS EFFICACES !
C'EST QUAND MÊME UNE SACRÉE SOMME...
NON ! JE DOIS FAIRE DES ÉCONOMIES... JE NE PEUX PAS ACHETER ÇA MAINTENANT !
SECTION : TECHNIQUES D'ENTRAÎNEMENT
RÉPONSE DIVINE D'INUGAMI
ROULEAU ANCIEN DE L'ESPRIT SACRÉ
LE ROULEAU ANCIEN DE L'ESPRIT SACRÉ ?

OH, C'EST UN ROULEAU SUR LA TECHNIQUE DE TRANSMUTATION DE L'EAU SPIRITUELLE SACRÉE... ?
ILS VENDENT MÊME CE GENRE DE CHOSES AU PAVILLON WANBAO ?
IL EST À 20 PIERRES D'ÂME !
NOTE : L'EAU SPIRITUELLE SACRÉE, TOUT COMME LES PIERRES D'ÂME, EST INDISPENSABLE POUR LES PRATIQUANTS DU CLAN HENGYUE PUISQU'ELLE DISPOSE D'UN FORT POUVOIR SPIRITUEL ET QU'ELLE PEUT ÊTRE UTILISÉE COMME MONNAIE D'ÉCHANGE.
NOTE : DEPUIS TOUJOURS, LE CLAN HENGYUE A LE MONOPOLE DE L'EAU SPIRITUELLE SACRÉE, QU'IL REDISTRIBUE UNIFORMÉMENT À L'ENSEMBLE DES CLANS.
20 PIERRES D'ÂME ? VOUS PLAISANTEZ ?
JEUNE HOMME, TU ES INTÉRESSÉ PAR LE VIEUX ROULEAU DE L'ESPRIT SACRÉ ?
UNE TECHNIQUE AUSSI PRÉCIEUSE QUE CELLE DE LA TRANSMUTATION DE L'EAU SPIRITUELLE SACRÉE EST VENDUE POUR SEULEMENT 20 PIERRES D'ÂME ? CE DOIT ÊTRE UNE CONTREFAÇON !
POUR MAÎTRISER CETTE TECHNIQUE, IL FAUT D'ABORD DISPOSER DE LA FLAMME ORIGINELLE OCTROYÉE PAR LE CIEL ET LA TERRE. IL FAUDRAIT AU MINIMUM DISPOSER DE LA FLAMME DE LA TERRE, CE QUI N'EST PAS POSSIBLE.
CE ROULEAU EST AUTHENTIQUE !
LA VALEUR DE CE VIEUX ROULEAU EST RIDICULE, MAIS POUR UN DISCIPLE MOYEN, C'EST UN TRÉSOR BIEN INUTILE.
IL N'Y A QU'UNE SEULE FLAMME DE LA TERRE AU SEIN DU CLAN HENGYUE, ET CELLE-CI EST SCELLÉE DANS LE PAVILLON LINQÍ. LE VIEUX XU FU VOYAIT ÇA COMME UN TRÉSOR. PAR AILLEURS, LES AFFAIRES SONT BIEN MEILLEURES AU PAVILLON LINQÍ QU'AU PAVILLON WANBAO .
LA FLAMME ORIGINELLE, HEIN ?
BIEN, JE PRENDS CE PARCHEMIN DE L'ESPRIT SACRÉ ET JE M'EN VAIS !
POURQUOI ÇA ?
WHOOSH
TCHAC
PRENEZ VOTRE TEMPS POUR REGARDER, MAIS NE VOLEZ RIEN, HEIN !
SI J'ARRIVE À COMPRENDRE LA TECHNIQUE DE TRANSMUTATION DE L'EAU SPIRITUELLE DE JADE AVEC MA FLAMME DE LA TERRE...

J'ARRIVERAI CERTAINEMENT À FAIRE DE L'EAU SPIRITUELLE SACRÉE MOI-MÊME ! HA HA HA !
JE SUIS CHANCEUX AUJOURD'HUI !
HMM ? UN AUTRE TRÉSOR ?
BWOOM
BWOOM
OH ! SI ÇA ATTIRE MON ATTENTION, C'EST CERTAINEMENT UN GRAND TRÉSOR !

CELA VA SANS DIRE... C'EST BIEN UN TRÉSOR.
PON
VOYONS VOIR...
HMM... IL N'Y A RIEN DE SPÉCIAL.
ALORS, ELLE TE PLAÎT ? IL Y A BEAUCOUP DE PLACE À L'INTÉRIEUR...
ALLEZ, FAIS-MOI CONFIANCE !
QU'EST-CE QUE VOUS DITES ?! 1 300 PIERRES D'ÂME ?
VOUS NE POUVEZ PAS ME FAIRE UNE PETITE RÉDUCTION ? IL ME RESTE TOUT JUSTE 1 000 PIERRES D'ÂME !
OH, ALLEZ, TU PEUX BIEN DÉPENSER ENCORE 200 PIERRES D'ÂME ! JE SUIS SÛR QUE TU AS ASSEZ, NAN ?
JE SUIS FAUCHÉ... COMPLÈTEMENT FAUCHÉ...
BURP
HÉ HÉ ! J'AI GAGNÉ 1 100 PIERRES D'ÂME ET UNE BILLE SANGUINAIRE !

ALLEZ, MA PETITE GOURDE ADORÉE. DÉPÊCHE-TOI DE ME MONTRER DES RÉGIONS INEXPLORÉES ET QUELQUES TOURS DE PASSE-PASSE ! ET ENSUITE, GUÉRIS MES BLESSURES !
RIEN...
MES PIERRES D'ÂME ?! ET MA BILLE SANGUINAIRE ?!
... NE SE PASSE !!
C'ÉTAIT TOUT CE QUE J'AVAIS !!
J'AVAIS TOUT MISÉ LÀ-DESSUS... VOYONS VOIR SI JE PEUX ME REFAIRE...

PFIOUU ! BON, LE PROCESSUS DE TRANSMUTATION DE L'EAU SPIRITUELLE SACRÉE N'EST PAS SI COMPLIQUÉ, IL NÉCESSITE TOUT DE MÊME UNE DOUZAINE DE VARIÉTÉS DE PLANTES SACRÉES.
JE VAIS D'ABORD RASSEMBLER LES PLANTES MÉDICINALES !
SHOO
SHOO
SHOO
COUIC
WOOSH
COUIC
UNE ORCHIDÉE BOULE DE NEIGE !
TCHAC

DÉCIDÉMENT, J'AI VRAIMENT DE LA CHANCE !
CETTE ORCHIDÉE BOULE DE NEIGE EST À MOI.

RENDS-LA-MOI !

CETTE FLEUR EST À MOI. SI TU EN VEUX UNE, TROUVE-T'EN UNE AUTRE.
LA FERME ! DONNE-LA-MOI !
SHOO
TSS !
BOOM
ELLE VOLE LES FLEURS SACRÉES DES AUTRES ET ELLE VIENT SE PLAINDRE !

TAP
SHOO
AH !
CHANT DU VENT PURIFICATEUR !
SHOO
ELLE UTILISE UNE TECHNIQUE SECRÈTE POUR UNE SEULE PLANTE SACRÉE ?!
BAM
FWOOSH

MA SOIF DE SANG EST BIEN SUPÉRIEURE À LA TIENNE ! TU N'ES PAS À LA HAUTEUR !
TU ES PRÊTE À ATTAQUER L'UN DE TES CAMARADES DISCIPLES SIMPLEMENT POUR UNE PLANTE SACRÉE ?!
D'ACCORD, ON VERRA BIEN QUI DE NOUS DEUX A LA SOIF DE SANG LA PLUS PUISSANTE.
SHOO
ESPÈCE DE... !

UNE ATTAQUE SURPRISE ?!
SHOOU
QUELLE EST DONC CETTE FORCE ?!
ARGH !
QUEL GARÇON EFFRONTÉ !
COM-MENT OSES-TU LEVER LA MAIN SUR UN MEMBRE DU SOMMET RENYANG ?
GWAAH !
BAM
ESPÈCE DE LÂCHE...

AAH...
CONFRÈRE QI HAO !
CONSŒUR SU, VOUS ÊTES BLESSÉE ?
NON, JE VAIS BIEN !
CONFRÈRE, IL S'AGIT DU DISCIPLE DRAGON !
HEIN ?
VOUS VOULEZ PARLER DE CE NOUVEL APPRENTI QUI EST ARRIVÉ AU CLAN HENGYUE ?
COMMENT UN HOMME DE TON NIVEAU PEUT-IL UTILISER UNE TECHNIQUE AUSSI SOURNOISE ?
TU TE CROIS INVINCIBLE JUSTE PARCE QUE TU AS VAINCU CE PATHÉTIQUE ZHAO LONG ? SI TU VEUX MON AVIS, TU ES SI FAIBLE QUE TU NE VAUX MÊME PAS LA PEINE QU'ON SE BATTE CONTRE TOI.
LE SOMMET RENYANG A ESSAYÉ DE T'AIDER À SAUVER TON HONNEUR, MAIS TU N'AS MONTRÉ QUE DU DÉDAIN. TU ES SANS ESPOIR !

JE N'OUBLIERAI PAS CE QUI VIENT DE SE PASSER. JE ME VENGERAI DE CETTE EMBUSCADE !
TRÈS BIEN, J'ATTENDRAI TA VENGEANCE.
SU, JE VOUS RACCOM-PAGNE.
MERCI BEAUCOUP !
ALLEZ, RENTRONS AU SOMMET RENYANG.
OUI !
JE N'OUBLIERAI PAS TON VISAGE, ENFLURE ! TU VAS VOIR !

DUUM
DUUM
SHRII
ALLEZ !
SHRII
SHRII
PFIOU ! MÊME SI C'EST DUR, ÇA EN VAUT LA PEINE !
BWOOM
JE N'AVAIS ENCORE JAMAIS TESTÉ CE REMÈDE MIRACULEUX, JE ME DEMANDE QUELS EFFETS IL PRO-CURE.
GLOU ! GLOU !

DUUM
DUUM
DUUM
AH ! MON NIVEAU D'ÉNERGIE A AUGMENTÉ !
DUUM
PFIOUU ! MA FERMETÉ A ATTEINT LE GRADE DEUX !
DUUM
DUUM
PAF
APPAREMMENT, ON PEUT EFFECTUER LA TRANSMUTATION DE L'EAU SPIRITUELLE SACRÉE, NON SEULEMENT GRÂCE À LA FLAMME ORIGINELLE, MAIS AUSSI GRÂCE À N'IMPORTE QUELLE FLAMME DE LA TERRE. BIEN SÛR, LA QUALITÉ N'EST PAS LA MÊME !
LES PLANTES MÉDICINALES NÉCES-SAIRES À LA TRANSMUTATION DE L'EAU SPIRITUELLE SACRÉE SONT EXTRÊMEMENT DIFFICILES À TROUVER PAR ICI... IL NE ME MANQUE QUE CETTE ORCHIDÉE BOULE DE NEIGE...
JE DOIS ABSOLU-MENT TROUVER LE MOYEN DE M'EN PROCURER !

LE PAVILLON WANBAO VEND TOUTES SORTES DE CHOSES, JE DEVRAIS POUVOIR M'EN PROCURER FACILEMENT LÀ-BAS. MAIS À QUEL PRIX... ?
MAIS OÙ VAIS-JE BIEN POUVOIR EN TROUVER ?!
SANS PIERRES D'ÂME, JE NE PEUX RIEN FAIRE !
DISCIPLE DRAGON ! UNE ÉPREUVE DE FORCE A LIEU DEMAIN À LA PLACE FENDYUN !
HMM ?! WEIYANG DU SOMMET TIANYANG ?
JE PEUX ME FAIRE BEAUCOUP DE PIERRES D'ÂME AVEC ÇA ! HÉ HÉ HÉ !

TU CROIS QUE CE DISCIPLE DRAGON POURRAIT GAGNER, CETTE FOIS ?
ATTENDS, T'AS OUBLIÉ LA TECHNIQUE SPÉCIALE DE WEIYANG ?
L'ATTAQUE DE L'ESPRIT GLACIAL !
JE N'EN SAIS TROP RIEN. WEIYANG A ATTEINT UNE FERMETÉ DE RANG SEPT. C'EST UN RANG AU-DESSUS DE CELUI DE ZHAO LONG. MAIS MÊME UN SIMPLE RANG PEUT FAIRE UNE GRANDE DIFFÉRENCE.
J'AI LE SENTIMENT QUE C'EST LE DISCIPLE DRAGON QUI VA L'EMPORTER...
REGARDEZ ! WEIYANG EST ARRIVÉ !
HMM ?
LE DISCIPLE DRAGON AUSSI EST VENU ?!
BONJOUR, TOUT LE MONDE !
BONJOUR À TOUS, CAMARADES DISCIPLES !
SILENCE
AHEM...

DISCIPLE DRAGON... TU ES BIEN IMPOLI DE TE PRÉSENTER ICI APRÈS AVOIR REFUSÉ L'INVITATION DU SOMMET TIANYANG !
EH BIEN, AUCUNE RÈGLE NE STIPULE QUE MON AFFILIATION À LA SECTE DE TIANYANG SOIT OBLIGATOIRE.
DE PLUS, INTÉGRER OU NE PAS INTÉGRER UNE SECTE... ÇA, C'EST MA DÉCISION. JE N'AI ENFREINT AUCUNE RÈGLE !
C'EST ÇA, PARLE TANT QUE TU LE PEUX ENCORE !
SHII
SHII
JE VAIS TE MONTRER CE QUI ARRIVE À CEUX QUI CONTRARIENT LA SECTE DE TIANYANG !
ATTAQUE DE L'ESPRIT GLACIAL !

TU ES BIEN IGNORANT, MON GARÇON !
JE T'AI SURESTIMÉ !
SI L'ESPRIT GLACIAL PÉNÈTRE DANS SON CORPS, LE DISCIPLE DRAGON EN MOURRA ! CE N'EST PAS UN JEU !
LE DISCIPLE DRAGON POURRAIT BIEN MOURIR AUJOURD'HUI !

AAH...
PFF...
ON DIRAIT BIEN QUE C'EST MOI QUI T'AI SURESTIMÉ !
OH, C'EST BARBANT. IL FAIT ENCORE LA MÊME CHOSE !
REGARDE ! C'EN EST DÉJÀ FINI DU DISCIPLE DRAGON !

COMMENT TE SENS-TU ?
HUH...
POP
POP
POP
ME BATTRE AVEC TOI N'EST QU'UNE PERTE DE TEMPS !
HMM...

QUOI ?!
CRAC
CRAC
IMPOSSIBLE ! L'ATTAQUE DE L'ESPRIT GLACIAL NE FONCTIONNE PAS ?!
CRAC
CRAC
COMMENT... ?
WOUAAAH !
BAM
PAF
CE N'EST PAS POSSIBLE... !
OH QUE SI, C'EST POSSIBLE !

UGH !
PAF
REVIENS PAR LÀ !
AH...
BAM
A... ARRÊTE !
WOUAAAAAH !!
WOOSH
HOP !
BAM
BAM

QUELLE VIOLENCE... SI J'AVAIS ÉTÉ À LA PLACE DE WEIYANG, IL M'AURAIT SÛREMENT ENVOYÉ VALSER AU-DELÀ DES MONTAGNES AVEC CE COUP-LÀ !
QU'EST-CE QUE C'EST QUE CE COMBAT... ?
JE N'ARRIVE PAS À CROIRE QUE WEIYANG AIT ÉTÉ BATTU EN UTILISANT SON ATTAQUE DE L'ESPRIT GLACIAL. DRAGON NE LUI A MÊME PAS LAISSÉ LE TEMPS D'UTILISER UNE AUTRE TECHNIQUE !
AAAH !
WOOSH
NGH !
BAM
UGH !
C'EST... C'EST IMPOSSIBLE... !
TU N'AURAIS JAMAIS IMAGINÉ TE PRENDRE UNE TELLE RACLÉE DE LA PART D'UN TYPE QUE TU AS TOUJOURS REGARDÉ DE HAUT, PAS VRAI, WEIYANG ?

JE... J'AI ENCORE PLEIN D'AUTRES TECHNIQUES... À TE MONTRER...
CESSE DONC DE PARLER.
VOYONS VOIR QUEL GENRE DE TRÉSOR TU AS SUR TOI !
HA HA ! VOYONS VOIR CE QUE J'AI GAGNÉ !
ENFLURE... !
...
JE VAIS M'ÉVANOUIR...
TIENS, C'EST PAS MAL, ÇA ! HA HA !
ÇA AUSSI, ÇA POURRAIT M'ÊTRE UTILE !
JE VAIS AUSSI TE PRENDRE ÇA !
IL... IL VA TOUT LUI DÉROBER ?
ET VOILÀ ! JE SUPPOSE QUE CE N'EST LÀ QUE LA RÉCOMPENSE DE MON DUR LABEUR !
PFIOU

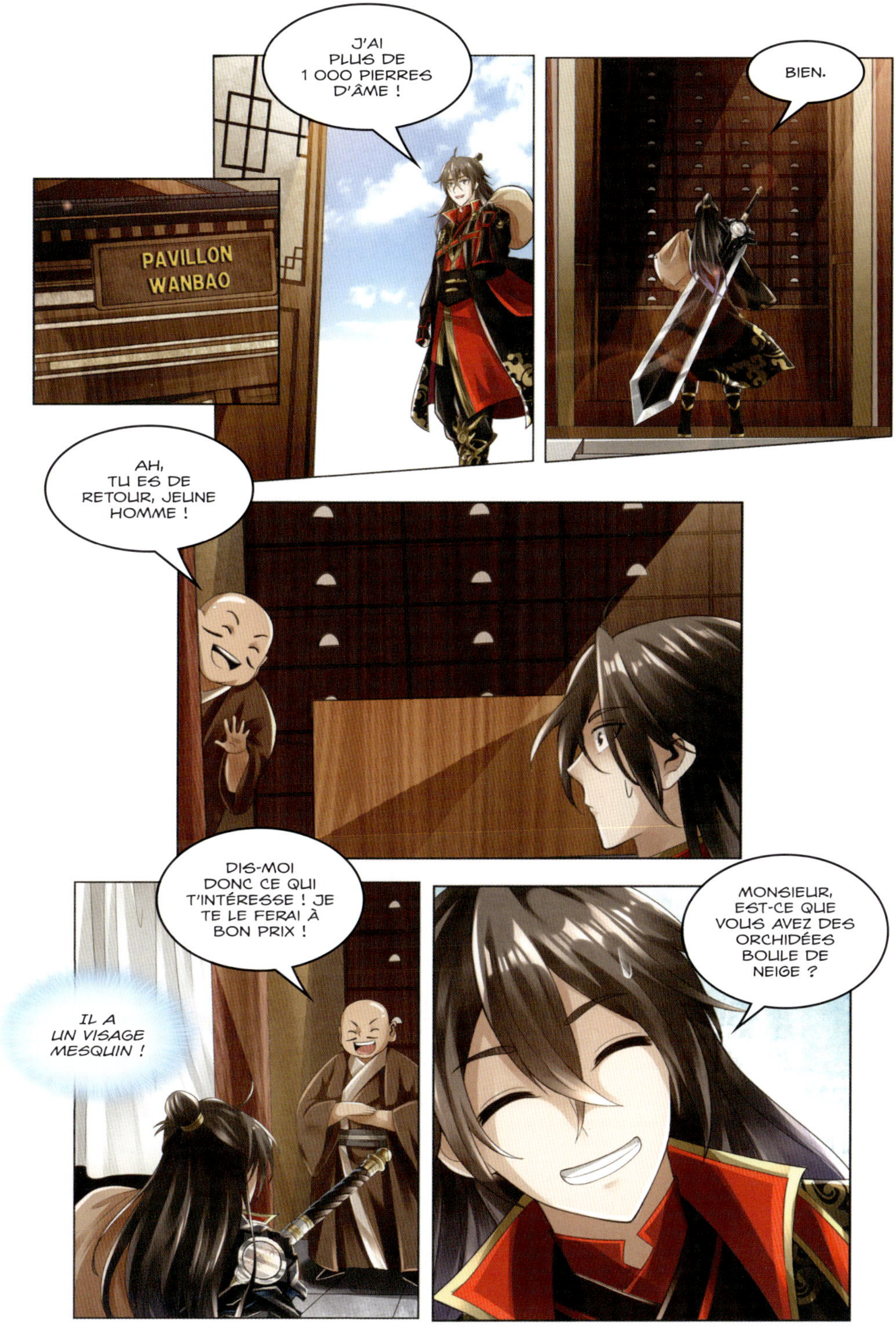
PAVILLON WANBAO
J'AI PLUS DE 1 000 PIERRES D'ÂME !
BIEN.
AH, TU ES DE RETOUR, JEUNE HOMME !
DIS-MOI DONC CE QUI T'INTÉRESSE ! JE TE LE FERAI À BON PRIX !
IL A UN VISAGE MESQUIN !
MONSIEUR, EST-CE QUE VOUS AVEZ DES ORCHIDÉES BOULE DE NEIGE ?

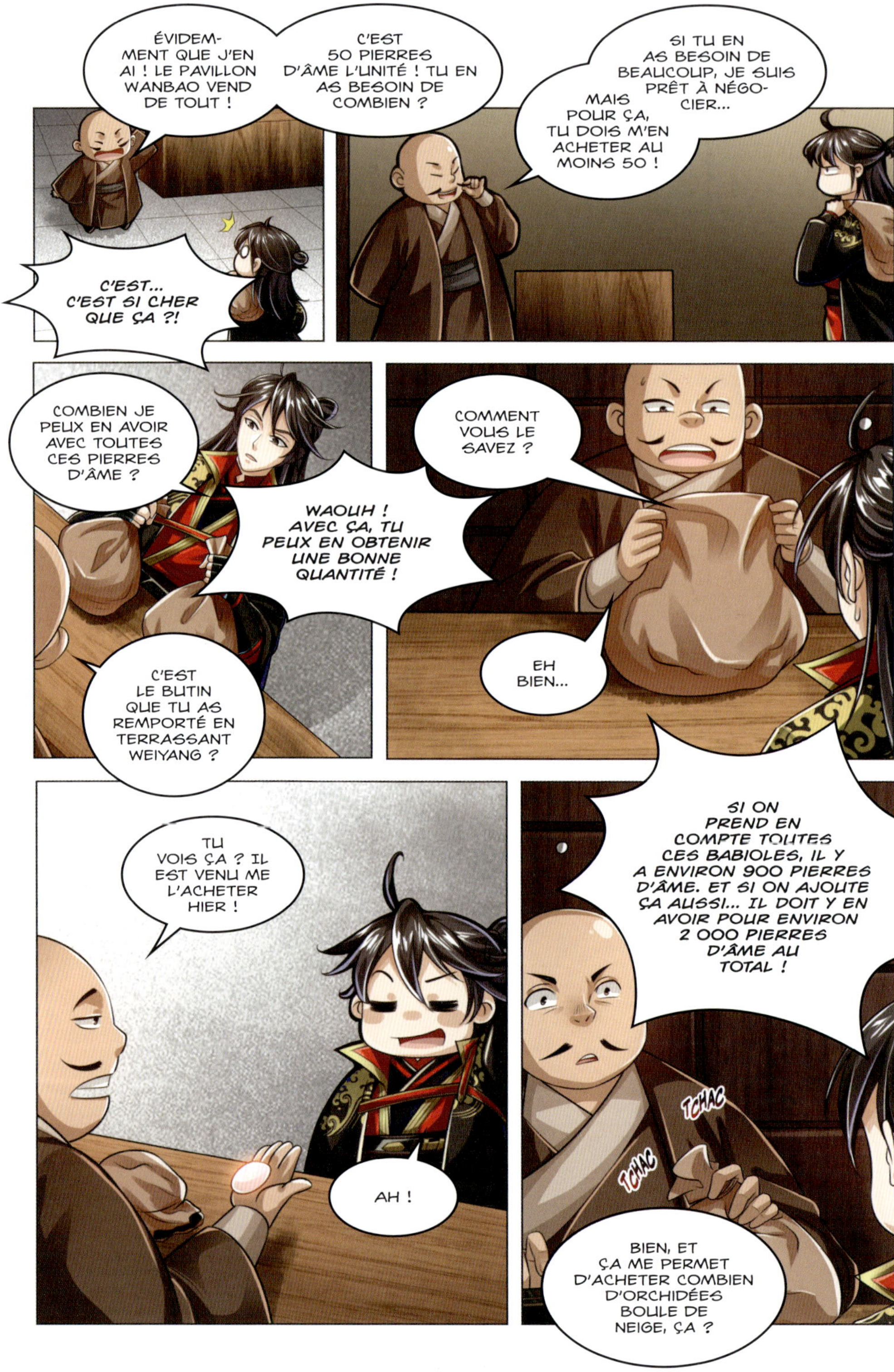
ÉVIDEMMENT QUE J'EN AI ! LE PAVILLON WANBAO VEND DE TOUT !
C'EST 50 PIERRES D'ÂME L'UNITÉ ! TU EN AS BESOIN DE COMBIEN ?
C'EST... C'EST SI CHER QUE ÇA ?!
SI TU EN AS BESOIN DE BEAUCOUP, JE SUIS PRÊT À NÉGOCIER...
MAIS POUR ÇA, TU DOIS M'EN ACHETER AU MOINS 50 !
COMBIEN JE PEUX EN AVOIR AVEC TOUTES CES PIERRES D'ÂME ?
WAOUH ! AVEC ÇA, TU PEUX EN OBTENIR UNE BONNE QUANTITÉ !
C'EST LE BUTIN QUE TU AS REMPORTÉ EN TERRASSANT WEIYANG ?
COMMENT VOUS LE SAVEZ ?
EH BIEN...
TU VOIS ÇA ? IL EST VENU ME L'ACHETER HIER !
AH !
SI ON PREND EN COMPTE TOUTES CES BABIOLES, IL Y A ENVIRON 900 PIERRES D'ÂME. ET SI ON AJOUTE ÇA AUSSI... IL DOIT Y EN AVOIR POUR ENVIRON 2 000 PIERRES D'ÂME AU TOTAL !
TCHAC
TCHAC
BIEN, ET ÇA ME PERMET D'ACHETER COMBIEN D'ORCHIDÉES BOULE DE NEIGE, ÇA ?

DES ORCHIDÉES BOULE DE NEIGE ?
POUR-QUOI VOULOIR EN ACHETER AUTANT ?
JE VEUX FABRIQUER MA PROPRE EAU SPIRITUELLE.
JE NE FERAI PAS DE COMMEN-TAIRE...
EN VOILÀ 50. PLUS 10 POUR LA MAISON !
MERCI BEAUCOUP !
AU FAIT, EST-CE QUE LA MONTAGNE SITUÉE DERRIÈRE XIAO LING YUAN EST UN BON ENDROIT POUR TROUVER DES ORCHIDÉES BOULE DE NEIGE ?
OH, IL N'Y EN A PAS BEAUCOUP DANS CES ENVIRONS...
LES ORCHIDÉES BOULE DE NEIGE NE SONT PAS SI RARES QUE ÇA, MAIS C'EST VRAI QU'ELLES SONT INDIS-PENSABLES POUR CRÉER DE L'EAU SPIRITUELLE SACRÉE...
CETTE VARIÉTÉ EST CULTIVÉE PAR TOUTES LES SECTES DANS UN JARDIN DE PLANTES SPIRITUELLES, DONC LES PLANTES QUI POUSSENT DANS LES MONTA-GNES DES ENVIRONS SONT TOUTES SAUVAGES ET POUSSENT EN NOMBRE LIMITÉ.
VRAIMENT ?
C'EST POUR ÇA QUE J'AI EU TANT DE MAL À EN TROUVER ! DONC CE SONT LES SECTES QUI GÈRENT LA PRODUCTION D'ORCHIDÉES BOULE DE NEIGE...

CE JEUNE DISCIPLE DRAGON EST ALLÉ TROP LOIN !
JE ME DEMANDE CE QU'IL EN EST DU DISCIPLE DE GE HONG AU SOMMET DIYANG... IL Y A QUELQUE CHOSE D'ÉTRANGE CHEZ CE DISCIPLE DRAGON !
CE DISCIPLE DRAGON A MONTRÉ UN GRAND IRRESPECT AU SOMMET TIANYANG. IL VA ENTENDRE PARLER DE MOI ! JE N'ARRIVE PAS À CROIRE QU'UN NIVEAU DE FERMETÉ AUSSI FAIBLE PUISSE VAINCRE UN HOMME AUSSI FORT QUE WEIYANG !
WHOOO
FROUU
SHAA
SHAA
SHAA
SHAA

PFIOUU ! C'EST LE DERNIER !
TOUT COMME LES REMÈDES MIRACULEUX, L'EAU SPIRITUELLE SACRÉE DISPOSE D'UN GRAND POUVOIR SPIRITUEL ET UNE SEULE DOSE SUFFIT À RISQUER LA DESTRUCTION POTENTIELLE DU NOYAU SPIRITUEL. MÊME UN DISCIPLE À LA FERMETÉ DE NIVEAU SEPT NE PEUT BOIRE UNE DOSE D'UN TRAIT, MAIS LE DISCIPLE DRAGON PEUT EN BOIRE 20 BOUTEILLES CUL SEC.
GLOU
GLOU
SHII
SHII
NOTE : C'EST PRÉCISÉMENT GRÂCE AU POUVOIR PHÉNOMÉNAL DE LA MER SPIRITUELLE QUI PERMET DE CONTENIR PLUS DE 20 FOIS CETTE ÉNERGIE JAILLISSANTE, AINSI QU'AU POUVOIR DE LA FLAMME ORIGINELLE QUI PERMET DE CONTENIR UNE PUISSANCE SPIRITUELLE ÉCRASANTE, QUE CELA EST POSSIBLE.
AAAAH !!
SHOUI
ASCENSION !
PFIOUU... PFIOUU... JE ME SUIS ÉLEVÉ... AU GRADE TROIS DE FERMETÉ !
FIOOU

LE GRADE TROIS DE FERMETÉ, HEIN ? PEUT-ÊTRE QUE GRÂCE À MES NOUVELLES CAPACITÉS, JE PEUX MAINTENANT ME MESURER À DES GENS DU DOMAINE DE L'ESSENCE !
FIOOOU
HMM ? QU'EST-CE QUE C'EST QUE ÇA ?
ÇA A DISPARU EN UN INSTANT... ?
FIOOOU

QU'EST-CE QU'ELLE FAIT LÀ ?
C'EST UNE DISCIPLE DU CLAN HENGYUE ?
JE DEVRAIS VITE M'ENFUIR...
CRAC
C'EN EST FINI DE MOI...
MINCE !
HMM ?

SORS DE TA CACHETTE !
BON... BONSOIR...
VIOOU
TU ES UN DISCIPLE DU CLAN HENGYUE ?
DOOM
DOOM
ELLE NE SE SOUVIENT PAS DE MOI ?

AOUCH !
VAS-TU RÉPONDRE À MA QUESTION ?
SEULEMENT QUELQUES JOURS SONT PASSÉS... C'EST QUOI, CETTE MÉMOIRE DE POISSON ROUGE ?!
ES-TU UN DISCIPLE DU CLAN HENGYUE ?
OUI...
QUE FAIS-TU DANS UN ENDROIT PAREIL À CETTE HEURE-CI ?
JE... JE SUIS À LA RECHERCHE D'UNE PLANTE SPIRITUELLE.
JE TE FAIS SI PEUR QUE ÇA ?
ALORS, POURQUOI AS-TU ESSAYÉ DE T'ENFUIR EN ME VOYANT ?

J'AVAIS PEUR QUE TU ME VOLES MES BIENS !
TES BIENS ?
EST-CE QUE TU AS VU QUELQUE CHOSE VOLER DANS LE CIEL TOUT À L'HEURE ?
OU... OUI ! EUH... IL Y AVAIT UNE SORTE DE FAISCEAU LUMINEUX QUI A DISPARU AUSSI VITE QU'IL EST APPARU !
DANS QUELLE DIRECTION ?
VERS LE NORD-EST !
VERS LE NORD-EST ?
FAITES QU'ELLE S'EN AILLE LE PLUS VITE POSSIBLE ! SI ELLE SE SOUVIENT DE CETTE SOIRÉE-LÀ, CETTE FOIS-CI, ELLE ME TUERA !
MAÎTRE SUPÉRIEUR, MONTREZ-MOI LA DIRECTION !
PROTÉ-GEZ LA ZONE SUD-OUEST ET SURVEILLEZ TOUT CE QUI S'APPROCHE D'ICI.

COMPRIS !
SHOO
SHUU

TCHAC
WOUAAH !
BWOOM
HAN...
HAN...
HAN...

MAIS QU'EST-CE QUE C'EST QUE CE TRUC ?
SHUUUU
NE RESTE PAS PLANTÉ LÀ, VA-T'EN !
SHOOO
JE FAIS SI PEUR QUE ÇA ?
SHOO

HMM ?
J'AVAIS L'IMPRESSION DE LE CONNAÎTRE...
CHU LING ? JE CROYAIS QUE TU PRENAIS UN PEU DE REPOS. QUE SE PASSE-T-IL ?
JE NE PEUX PAS ME PERMETTRE DE ME REPOSER APRÈS TOUT CE REMUE-MÉNAGE !
PENSES-TU QUE TU POURRAS LES ENFERMER À L'INTÉRIEUR DE CE MUR SPIRITUEL ?
EH BIEN, ILS SONT BIEN PLUS VIOLENTS QU'AVANT !

LE MAÎTRE A DIT QU'ILS ALLAIENT RIPOSTER.
ILS SONT DE PLUS EN PLUS AGRESSIFS. JE NE SAIS PAS SI NOUS POURRONS LES SCELLER LA PROCHAINE FOIS...
JE VAIS T'AIDER !
SHOO
SHOO
AH, AU FAIT ! J'AI RENCONTRÉ UN TYPE ÉTRANGE TOUT À L'HEURE !
UN TYPE ÉTRANGE ? QUEL GENRE ?
BAH, UN HOMME ÉTRANGE... C'ÉTAIT UN HOMME ÉTRANGE, C'EST TOUT !
BIEN, BIEN ! JE NE POSERAI PLUS DE QUESTIONS !

JE SUIS SAUVÉ !
ELLE NE SE SOUVENAIT DONC PAS DE MOI ?
PEUT-ÊTRE QUE CE N'ÉTAIT PAS ELLE ?
IMPOSSIBLE ! IL Y AURAIT UNE PERSONNE QUI LUI RESSEMBLE À CE POINT-LÀ ?
SI CETTE FEMME VIENT DU CLAN HENGYUE, JE VAIS DEVOIR M'EN ALLER !
MAIS SI C'EST JUSTE UNE FEMME QUI LUI RESSEMBLE, ALORS JE N'AI PAS DE SOUCI À ME FAIRE !

JE NE SUIS PAS ENTRÉ À L'INTÉRIEUR ! JE VOUS LE JURE ! JE N'AI MÊME PAS FRANCHI LA PORTE, JE ME TENAIS À L'EXTÉRIEUR...
ARRÊTE DE MENTIR, ESPÈCE DE PETIT RAT !
TU VOULAIS NOUS TENDRE UNE EMBUSCADE DANS LA MONTAGNE POUR NOUS VOLER QUELQUE CHOSE, PAS VRAI ?!
ON NE T'A JAMAIS VU ICI AUPARAVANT ET ON NE SAIT MÊME PAS D'OÙ TU VIENS !
XIAO HU !
JE NE SUIS PAS ENTRÉ. JE ME TENAIS À L'EXTÉRIEUR, JUSTE DEVANT L'ENTRÉE !
TU RECOMMENCES TON BARATIN ?! TU VAS VOIR CE QUE JE VAIS TE METTRE !
TU VEUX CREVER ?
TU N'AS RIEN DE PLUS VALEUREUX À FAIRE ? S'EN PRENDRE À UN GOSSE SANS DÉFENSE... C'EST PATHÉTIQUE !
LE... LE DISCIPLE DRAGON ?!

SI TU VEUX T'EN PRENDRE À QUELQU'UN, PRENDS-T'EN À MOI !
WOUAAAAH !!
C'EST LUI QUI VIENT D'ENFREINDRE LE RÈGLEMENT !
CEUX QUI NE SONT PAS DES DISCIPLES DU CLAN HENGYUE REÇOIVENT UN CHÂTIMENT S'ILS ENTRENT ICI SANS AUTORISATION !
C'EST CE PETIT RAT DE XIAO HU QUI S'EST DISCRÈTEMENT INTRODUIT ICI. IL A SÛREMENT VOLÉ QUELQUE CHOSE !
C'EST FAUX, JE N'AI RIEN VOLÉ !
J'AVAIS DÉJÀ ENTENDU PARLER DE CE RÈGLEMENT, MAIS...
JE NE FAISAIS QUE ME TENIR DEVANT LA PORTE PRINCIPALE ! JE NE SUIS MÊME PAS ENTRÉ ET CE SONT EUX QUI M'ONT ENTRAÎNÉ LÀ-DEDANS !
ARRÊTE DE RACONTER DES BOBARDS, ESPÈCE DE PETIT RAT !
TU VAS VOIR, JE VAIS TE CASSER LES DEUX JAMBES !
WHOOSH
ESSAYEZ DONC POUR VOIR !

HÉ, LES GARS ! VOUS AVEZ VU ÇA ? LE FAMEUX DISCIPLE DRAGON ESSAYE DE NOUS INTI-MIDER SOUS PRÉTEXTE QU'IL A UNE FORCE SUPÉRIEURE.
VOYEZ-VOUS ÇA ? TU INTIMIDES LES PLUS FAIBLES EN PLEIN JOUR ?
VOUS INTIMIDER, TU DIS ?
BIEN, JE VAIS TE MONTRER CE QUE ÇA DONNE QUAND J'INTIMIDE QUELQU'UN POUR DE VRAI !
FWUUSH
NGH !
CLANG
AAH !
BAM

MEURTRIER !
ASSASSIN ! LE DISCIPLE DRAGON A ESSAYÉ DE ME TUER !
SI TU INSISTES, JE PEUX TE TUER EN PREMIER.
JE LE SAVAIS ! SU XINYUE AVAIT RAISON ! TA SOIF DE SANG EST DÉMESU-RÉE !
PRENDRE UN BAIN DE SOLEIL NE TE FERAIT PAS DE MAL ! ÇA CALMERAIT TES ENVIES MEURTRIÈRES !
TU NE CROIS PAS QUE PARLER SERAIT PLUS RAISONNABLE ? TU NE VAS PAS ME TOUCHER, PAS VRAI ?
HORS DE MA VUE !
SHOOM
IGNORES-TU QUE LE RÈGLEMENT INTERDIT LES BATAILLES D'ORDRE PERSON-NEL ?

MAÎTRE YIN ! CE DISCIPLE DRAGON A TRANSGRESSÉ LE RÈGLEMENT !
IL UTILISE SA FORCE POUR MALMENER MES CAMARADES SANS AUCUNE RAISON !
C'EST UN FAUTEUR DE TROUBLES !
MAÎTRE YIN ! VOUS ÊTES VENU À NOTRE RESCOUSSE ?!
DISCIPLE DRAGON. VIENS AVEC MOI AU TEMPLE DISCIPLINAIRE !
SI TEL EST TON SOUHAIT. JE FERAI CE QUE TU M'ORDONNES.

TOUT ÇA, C'EST À CAUSE DE MOI... C'EST MA FAUTE !
SI VOUS VOULEZ PUNIR QUELQU'UN, PUNISSEZ-MOI !
CES JEUNES HOMMES NE SAVENT PAS CE QU'ILS FONT, LAISSEZ-LES PARTIR POUR CETTE FOIS !
ZHAO FENG ! VOUS AVEZ ÉTÉ ENVOYÉ EN BAS DE LA MONTAGNE. VOUS CONNAISSEZ BIEN LE RÈGLEMENT, VOUS NE VOULEZ QUAND MÊME PAS VOUS ATTIRER DES ENNUIS ?
YIN DIAN... MON NEVEU...
HÉ, L'ANCIEN !
RACCOM-PAGNEZ XIAO HU ET RENTREZ CHEZ VOUS. NE VOUS INQUIÉTEZ PAS POUR MOI !
TEMPLE DISCIPLINAIRE

LES ÉVÉNEMENTS D'AUJOURD'HUI NE SONT PAS UNE COÏNCIDENCE. QUELQU'UN A VOULU ME PIÉGER !
OUI, QUELQU'UN A VOULU ME TENDRE UN PIÈGE...
AAH... !
LE SOMMET DIYANG ?!
MON MAÎTRE M'A DONNÉ L'ORDRE DE ME CHARGER DES ÉVÉNEMENTS QUI SE SONT PRODUITS AUJOURD'HUI !
TU AS BLESSÉ UN DE NOS DISCIPLES SANS AUCUN MOTIF. C'EST UN CRIME GRAVE, TU SAIS ?

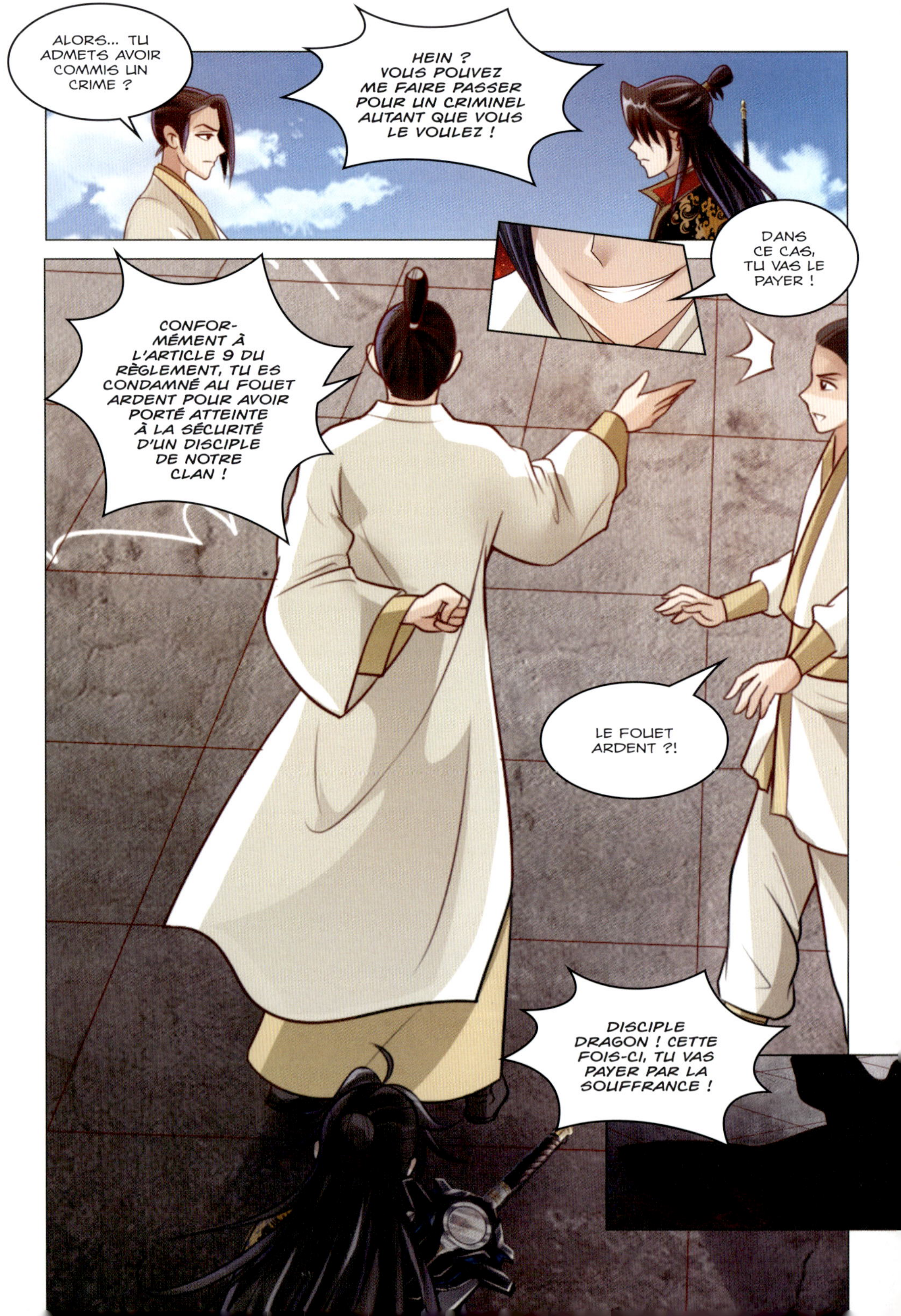

ALORS... TU ADMETS AVOIR COMMIS UN CRIME ?
HEIN ? VOUS POUVEZ ME FAIRE PASSER POUR UN CRIMINEL AUTANT QUE VOUS LE VOULEZ !
DANS CE CAS, TU VAS LE PAYER !
CONFOR-MÉMENT À L'ARTICLE 9 DU RÈGLEMENT, TU ES CONDAMNÉ AU FOUET ARDENT POUR AVOIR PORTÉ ATTEINTE À LA SÉCURITÉ D'UN DISCIPLE DE NOTRE CLAN !
LE FOUET ARDENT ?!
DISCIPLE DRAGON ! CETTE FOIS-CI, TU VAS PAYER PAR LA SOUFFRANCE !

CLIC
CLIC
CLIC
CLIC
COMBIEN DE COUPS POURRA-T-IL ENCAISSER ?!
CLIC
CLIC
CLIC
CLIC
BWOOM

SI TU AS TROP MAL, TU AS LE DROIT DE CRIER, MONSIEUR LE DISCIPLE DRAGON !
BWOOM
ARRÊTE TON BLA BLA ET DÉPÊCHE-TOI D'EXÉCUTER CE POUR QUOI TU M'AS FAIT VENIR ICI.
OOH !
SLAP
SLAP

NGH !!
WOOSH
CE QUE C'EST BON ! ET CE N'EST PAS ENCORE FINI !
WOOSH
WOOSH

CLAC
CLAC
CLAC
CLAC

IL NE FAIT QUE RÉCOLTER CE QU'IL A SEMÉ ! EN VOULOIR AUTANT À QUELQU'UN EST ABSOLUMENT RIDICULE !
C'EST TOUT CE QU'IL MÉRITE ! IL A AGRESSÉ UN DISCIPLE DU CLAN SANS AUCUNE RAISON VALABLE !
PRENDS-TOI ÇA ! VOILÀ CE QUI SE PASSE QUAND ON SE REBELLE CONTRE LE SOMMET DIYANG !
CLAC
HA HA HA !
SLAP
...

VOYONS VOIR COMBIEN DE TEMPS TU PEUX ENCORE TENIR !
WOOSH
WOOSH
...
WOOSH
SLAP
IL VA SANS DIRE QUE LE FOUET ARDENT EST UNE LOURDE SANCTION ET QUE MÊME CEUX QUI POSSÈDENT UN HAUT NIVEAU DE FERMETÉ OU DU DOMAINE DE L'ESSENCE NE POURRAIENT SUPPORTER PLUS DE CENT COUPS...
AAH
AAH
POURTANT, CE GARS... IL N'ÉMET PAS LE MOINDRE GÉMISSEMENT ! IL EST CINGLÉ !
SLAP
SLAP
IL... IL EN EST RENDU À COMBIEN DE COUPS ?
SLAP
ÇA FAIT 108 !
SLAP
IL N'A MÊME PAS ÉMIS UN SEUL CRI DE DOULEUR !
IL A ESSUYÉ CENT COUPS DE FOUET ET IL EST TOUJOURS VIVANT ?! SON CORPS N'EST PAS ORDINAIRE !
SLAP
DÉ... DÉTACHEZ-LE...
AAAH... AAAH...

CLIC
CLIC
JE PEUX M'EN ALLER ?
AAH
AAH
AAH
AAH
AAH
AAH
AAAH... FAIS CE QUE TU VEUX...
SHIIN
BANG
UGH...
AAH... AAH...
...

MON GARÇON...
AH, PAPY... J'AI... LA PEAU DURE, ALORS... JE NE VAIS PAS EN MOURIR...
MON GARÇON, RENTRONS À LA MAISON...
L'ANCIEN M'A DIT UN JOUR QU'IL NE FALLAIT PAS SE PRÉCIPITER ET QU'IL FALLAIT SE MONTRER PATIENT... MAIS LES FAIBLES DOIVENT-ILS PATIENTER EN SUBISSANT CE GENRE DE TRAITEMENT POUR SURVIVRE ? SI C'EST LE CAS, ALORS J'EMPRUNTERAI LA VOIE LA PLUS ARDUE !
LES SOUFFRANCES QU'ILS M'ONT FAIT ENDURER... JE LES LEUR RENDRAI AU CENTUPLE !

CLAN HENGYUE – XIAO LING YUAN
ILS VONT VOIR !

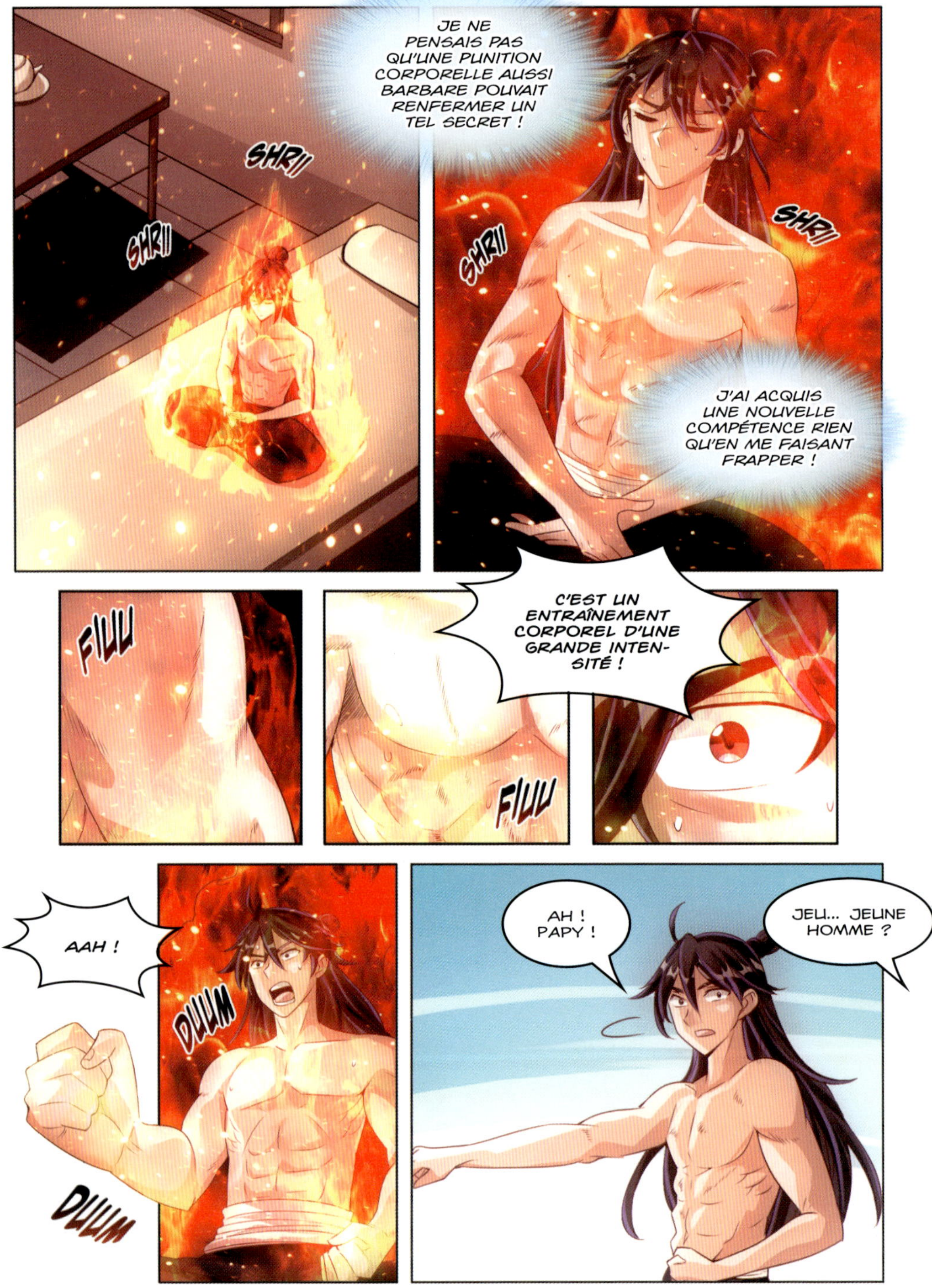
SHRII
SHRII
JE NE PENSAIS PAS QU'UNE PUNITION CORPORELLE AUSSI BARBARE POUVAIT RENFERMER UN TEL SECRET !
SHRII
SHRII
J'AI ACQUIS UNE NOUVELLE COMPÉTENCE RIEN QU'EN ME FAISANT FRAPPER !
FIUU
FIUU
C'EST UN ENTRAÎNEMENT CORPOREL D'UNE GRANDE INTEN-SITÉ !
AAH !
DUUM
DUUM
JEU... JEUNE HOMME ?
AH ! PAPY !

LES BLESSURES CAUSÉES PAR LE FOUET ARDENT METTENT AU MOINS DEUX SEMAINES À GUÉRIR, MÊME AVEC L'UTILISATION D'ÉLIXIRS...
ÇA NE FAIT QU'UNE SEULE NUIT QUE TU... ET POURTANT... OÙ SONT-ELLES PASSÉES ?
JE SUIS GUÉRI ! C'EST PARCE QUE J'AI LA PEAU DURE !
JE SUIS CONTENT QUE TU AILLES BIEN, C'EST TOUT CE QUI COMPTE.
TIENS ! C'EST POUR TOI.
PAPY... EST-CE QUE C'EST... ?!

LA MALÉDICTION CÉLESTE ?
VOUS NE POUVEZ PAS DONNER UN OBJET AUSSI PRÉCIEUX À UN NOVICE TEL QUE MOI !
LA MALÉDICTION CÉLESTE N'EST D'AUCUNE UTILITÉ À UN VIEILLARD COMME MOI.
LA MALÉDICTION CÉLESTE EST L'UN DES TROIS GRANDS TALISMANS DU CLAN HENGYUE. IL PERMET DE BLOQUER LES CAPACITÉS DE L'ADVERSAIRE PENDANT UNE CERTAINE PÉRIODE. UN OBJET D'UNE TELLE VALEUR...
IL NE L'A JAMAIS DONNÉE À PERSONNE JUSQU'À MAINTENANT, ET CE, PEU IMPORTE À QUEL POINT IL A ÉTÉ MALMENÉ...
TOUT CE QUE JE TE DEMANDE, C'EST DE FAIRE DE TON MIEUX.
PAPY ! JE VOUS REMERCIE DE TOUT MON CŒUR !
PAS LA PEINE DE FAIRE TANT DE MANIÈRES !
PAPY, VOS ENSEIGNEMENTS RESTERONT GRA-VÉS DANS MA MÉMOIRE.

JEUNE HOMME...
CE SONT VRAIMENT DES GENS MAUVAIS ! SI QUELQUE CHOSE ARRI...
NE T'EN VA PAS... S'IL TE PLAÎT !
NE T'EN FAIS PAS POUR MOI. TOUT IRA BIEN !
FAIS ATTENTION À TOI, DISCIPLE DRAGON !

WOUUUH
VOUS AIMEZ JOUER À DES JEUX SOURNOIS, PAS VRAI ? ALORS, JOUONS ENSEMBLE !
WOUUUH
ALLONS-Y, CHERS DISCIPLES DU SOMMET DIYANG !
HÉ, VOUS LÀ-BAS ! ALLEZ-VOUS-EN !
CES HERBES SPIRITUELLES SONT LA PROPRIÉTÉ DU SOMMET DIYANG !
ALLEZ, OUSTE !
QU'EST-CE QUE VOUS FAITES ENCORE PLANTÉS LÀ ? VOUS VOULEZ MOURIR OU QUOI ?!
SHOO
AH ! VOUS VOYEZ, QUAND VOUS VOULEZ !

WHOOSH
QUI VA LÀ ?
BAM
WHOUAAH !
HA HA !
UN DE MOINS !

VOYONS VOIR QUEL GENRE DE TRÉSORS TU AS SUR TOI...
OH, C'EST TOUT ? BON, JE M'EN CONTENTERAI...
ALLEZ, LES MAINS EN L'AIR !
PAF
PFIOU ! EH BEN, C'EST FATIGANT TOUT ÇA !
ALLEZ ! AU SUIVANT !

AH !
QUI A BIEN PU FAIRE ÇA ?! C'EST TELLEMENT CRUEL !
ILS ONT TOUS ÉTÉ SOIGNEUSEMENT DÉPOUILLÉS...
C'EST...
地阳峰
JOUISSIF ! LES DISCIPLES DU SOMMET DIYANG SONT TELLEMENT HABITUÉS À COMMETTRE TOUTES SORTES DE MESQUINERIES, ILS NE FONT QUE RÉCOLTER CE QU'ILS ONT SEMÉ !
AH !
EN... ENCORE... UN AUTRE...

AAAH !
WOUAAH !
GUAAH !
GHH... !
CE NE SONT QUE DES DISCIPLES DU SOMMET DIYANG... QU'EST-CE QUI SE PASSE, BON SANG ?!
C'EST PEUT-ÊTRE CE TYPE DE LA DERNIÈRE FOIS... ?
QU'EST-CE QUE TU RACONTES ?
TU NE PENSES QUAND MÊME PAS QUE C'EST L'ŒUVRE DU DISCIPLE DRAGON ? IL A ÉTÉ PUNI PAR LE FOUET ARDENT PAS PLUS TARD QU'HIER, IMPOSSIBLE QU'IL PUISSE DÉJÀ SE TENIR DEBOUT APRÈS ÇA !
HYAAA !
QUI EST-CE ?! WOUAAH !

SOMMET DIYANG
QUI A FAIT ÇA ?!
JE... JE NE SAIS PAS !
COMME NOUS VOUS L'AVONS DIT, NOS CONFRÈRES ÉTAIENT DÉJÀ DANS CET ÉTAT LORSQUE NOUS SOMMES ARRIVÉS !
MAÎTRE... LA SEULE PERSONNE CAPABLE D'AUTANT DE VIOLENCE ENVERS LES DISCIPLES DU SOMMET DIYANG EST LE DISCIPLE DRAGON !
AS-TU PERDU L'ESPRIT ?! IL A REÇU PLUS DE CENT COUPS DE FOUET ARDENT, C'EST DÉJÀ UN MIRACLE QU'IL NE SOIT PAS MORT ! IL EST CERTAINEMENT INCAPABLE DE MARCHER À L'HEURE QU'IL EST !
VOUS AVEZ CERTAINEMENT RAISON, MAÎTRE... NOUS N'AVONS PAS VU LE DISCIPLE DRAGON AUJOURD'HUI.
VOUS PENSEZ QUE CE POURRAIT ÊTRE L'ŒUVRE D'UN DISCIPLE DU SOMMET TIANYANG OU DU SOMMET DIYANG ?
JE VAIS MENER MON ENQUÊTE. PEU IMPORTE DE QUI IL S'AGIT, IL PAIERA POUR CE QU'IL A FAIT !

YOUPI !
BAM
J'AI AMASSÉ SUFFISAMMENT D'EAU SPIRITUELLE SACRÉE, DE PIERRES ET D'HERBES SPIRITUELLES POUR M'ÉLEVER AU QUATRIÈME RANG DE FERMETÉ !
HA HA HA HA !
ALLEZ ! C'EST PARTI !
DUUM
DUUM

ASCENSION ! À MOI LE NIVEAU DE FERMETÉ DE RANG QUATRE !
DONG !

LE JOUR SE LÈVE. ET SI JE POURSUIVAIS MON « ENTRAÎNEMENT » ?
WOOOH
WOOOH
C'EST LA SEULE ROUTE MENANT À LA FORÊT DES BÊTES.
JE VAIS TENTER MA CHANCE EN EMPRUNTANT CE CHEMIN, AUJOURD'HUI !
HÉ HÉ...
C'EST PARTI !

NON... ILS NE SONT PAS DU SOMMET DIYANG. PASSONS !
HMM ?!
XU MING !
CE GARS FAIT PARTIE DU MENU FRETIN ENVOYÉ PAR GE HONG DU SOMMET DIYANG POUR ME TENDRE UN PIÈGE.
SES AMIS ET LUI SE SONT LIGUÉS CONTRE XIAO HU POUR LE PASSER À TABAC !
VOUS ALLEZ VOIR ! AUJOURD'HUI, VOUS ALLEZ DEVOIR RENDRE DES COMPTES !

MAÎTRE YANG, QUE PENSEZ-VOUS DES ÉVÉNEMENTS QUI ONT EU LIEU HIER ?
TOUT LE MONDE DIT QUE C'EST LE FAIT D'UNE QUERELLE ENTRE LES DEUX AUTRES SOMMETS !
LES GRANDS MAÎTRES DES TROIS SOMMETS ONT L'HABITUDE DE SE PRENDRE LE BEC, ALORS CE NE SERAIT PAS SURPRENANT !
C'EST AUSSI CE QUE JE PENSE !
EN AVANT !
EH OUI ! NOUS VENONS NOUS OCCUPER DE LA VERMINE SUCEUSE DE SANG !
HEIN ?
D'AUTRES DISCIPLES ONT ÉTÉ ENVOYÉS VERS LA FORÊT DES BÊTES ?

HMM ? IL Y EN A D'AUTRES QUI ARRIVENT ?
BIEN. DANS CE CAS-LÀ, JE M'OCCUPERAI D'EUX TOUS EN MÊME TEMPS !
LA VERMINE SUCEUSE DE SANG ? CE N'EST PAS UN NOM UN PEU BARBARE ?
QUOI QU'IL EN SOIT, ON SE JOINT À VOUS !
WHOOSH
ATTENTION !
WHOOSH
POUF !

KOF KOF !
MERDE ! UNE BOULE FUMIGÈNE !
QUI VA LÀ ? MONTREZ-VOUS !
SWOOSH
GUAAH !
BAM
SORS DE TA CACHETTE !
SHWOO
ET… ET MERDE !

AAARGH !
SHWOO
HEIN ?! DÉ... DÉSOLÉ !!
FIUU
SLAM
SWOOSH
IL A UNE FERMETÉ DE RANG SIX... COMME JE LE PENSAIS, UN SEUL COUP NE SUFFIRA PAS !
NGH...
BIEN. ESSAYONS UN COUP DE PLUS !
BAM

PAF
AAH !
WOUAAH !
GYAA !
QUI ES-TU
ET QU'EST-CE QUE
TU NOUS VEUX ?!
MONTRE-TOI !
HEIN ?!

QUI... QUI EST-CE... ?!
BAM !!
PAF
AAH !
BAM !
CLING
CLING
CLING
CLING

CLING
CLING
AAAH... ET SI JE M'AMUSAIS ENCORE UN PEU ? IL FAIT BEAU, EN PLUS !
WOUAAAH !
POUF
PAF
BAM
AAAH !
PFIOUU ! J'AI BIEN TRAVAILLÉ !
JE DEVRAIS PEUT-ÊTRE PRENDRE UNE PAUSE !
GHH...

WHOOSH
SHOO
SHOO
LA CHANCE JOUE EN MA FAVEUR ! VOILÀ DES HOMMES DU DOMAINE DE L'ESSENCE !
JE VAIS ME FAIRE UNE SACRÉE FORTUNE !